U0675326

庹明生－著　　　无 从 说 起　　　刘靖－绘

作家出版社

目录

戏成都 · 解渴　◆　纸本水墨　▪ 2018 年 ▪ 横 17cm × 竖 28cm

前 言　　余世存　文

听　说

　　听说庹明生兄的《无从说起》即将出版，赵赵约我为之介绍，庹兄大作有赵赵和毛培斌的序跋已经足够。我把我想到的线索写在这里供读者们参考。庹兄是在地方上工作、生活并成全了自己的一个文化人。我们社会曾有北上广中心化，文化人也只能集中在中心地带才能存活的现象，即使今天，这个去中心化的变局仍未完成。在地方上生活的难度要大于在中心地带的，而成为文化人的难度更大。我曾经读庹兄回忆他祖母的文章而流泪，想到他那样一个侠骨柔情的人在地方上经历风雨或说他的八十一难，总是难以释怀。曾有湖北乡贤说，不衣锦而返乡者方为高士，但庹兄守土而化民、成文至明更为难得。我相信庹兄的言路思路比一般的作者更结实，更坚韧，其中有一个现代人突围、化茧为蝶的线索。祝贺庹兄！

序 胡赳赳 文

既然无从说起，

那就必须

多　　嘴

"江声浩荡，自屋后上升。"我去过湖北郧西天河口几回，每次去，不免想起这个句子。这是傅雷的翻译，《约翰·克里斯朵夫》的第一句。对照天河口潮平两岸阔的气场，假如说有一艘船如同加勒比海盗般左冲右撞，我也不会吃惊。

看一下这里的气象，山高水长。遗民与江上号子一起时隐时现，出没风波里。渔樵眼中没有永远的神话，他们更多的是一种"帝力与我何有哉"的气定神闲。但也不全是这样，如果在年代剧中，也会有恩怨情仇的表现，水上漂上演遇兵杀兵、遇贼杀贼的戏码。一挺机关枪架在滩头，收取过往船只的保护费。这已经宛如一个小型的郑成功了，这样的传说也流传在天河口的应许之地。

不幸的是，庹明生就出生在这一片江山。因此，他骨子里自带三种幽怨之气：第一种怨气是遗民气。这从他的姓氏就可以看出，"庹"姓是个小姓，但三千年来香火不绝，在商周时期，这片江陵僻远之地有若干个大大小小的方国，其中一个就是庸国。历史上有这样的说法流传："西周晚期，世居发源地汉滨伏羲山庹家坝祭祖的庸人庹姓豪族，东进竹山建立方城，成为庸国首领。"庹姓豪族以"盘庹"名号世袭庸伯。至战国时期，楚国侵扩，庸国遂弱，成为小国。

第二种怨气是江匪气。我曾经说他是"江匪世家"，当然是朋友之间的打趣。但他的祖上确实是执掌汉江船帮的"江湖大爷"。他的基因中，或真有这样的血脉留传，至今仍以快意恩仇的面貌出现。如果再看看庹明生长期主政的《十堰周刊》，封面专题、新闻调查、头版社论、文化副刊，一个都不能少。你不得不感叹一句：就怕江匪有文化。

第三种怨气则是他的文士气。不管怎么说，受过高等教育，中文系出身，稳固的知识结构有了，加之媒体的历练与开智，判断力和价值观便逾越常人。这个价值观的组成部分，就有孔孟、陆九渊一路的"义利之辨"。"君子喻于义，小人喻于利。"可哪来这么多君子呢？君子不免常在小人中。君子是良币，小人是劣币。整个市场是劣币淘汰良币的局面。君子只有披褐怀玉，自求多福了。这位庹先生因此要打抱不平，仗义执言，喜欢捧君子而打小人。匪胆文心，大约就是他这样的气象。于是看他的文字，便有嬉笑怒骂的兴味，不拘体统，正好离脱束缚。随意抛砖，引没引来玉再说，先砸死你。

有一次，我们去成都聚会。早上起来，见酒店房间有个水牌，上书："强扭的瓜不甜，但是解渴。"二人相视大笑，五分钟就过去了。这样的句子，正是庹的看家本领。他不知在哪里，学了不少这样的句子。几乎要脍炙人口、出口成诵了。我记得写过一幅他的名言："如果生活千疮百孔，就把它过得漏洞百出。"我们身边有个画家朋友，也很可爱，叫刘靖。只要庹说话，他就不停地记录。记在手机备忘录上，美其名曰"庹爷语录"。

行笔至此，正好得借他这语录用。发微信索要，摘录几条精华，贻笑大方一下：

我知道很多人讨厌我，但是我没有时间讨厌讨厌我的人。

这世界，怕就怕认真和"二"字。

不能光芒万丈，那就理直气壮吧。

做一块石头，坚硬、沉默、忠于内心，与自我为伴。

听吧，体力不支；不听吧，精神不支。

自恋可以缓解疲劳。疲劳可以缓解自恋。

整体坍塌性崩溃，心脏粉碎性骨折。

如果你不幸福，是因为你不必幸福。

如此等等，不一而足。体现在他的文章当中，也是豪强一路，一路豪强。跟他开车的风格类似：能不刹车，坚决不刹车；能猛打方向盘，坚决不肉。意气风发有之，快意人生有之，酣畅淋漓有之。有次盛会，洛阳想象书店新张，他快马加鞭，冒雨而行，凌晨赶到，颇有五百里加急的豪气干云。另一次，在杨沐老家，湘中山野，他也是披星戴月，一边打着哈欠一边启迪众生，让半夜起夜的我自愧不如。

周边的朋友，提起老庹，似乎比我还亲，比我还熟。这多少令我不爽。然而他们接下来一脸乐和的神情，又令我疑惑。我分不清他们是在坏笑，还是在好笑。他们说，老庹是个妙人。然而又想起了什么，呵呵大乐。是的，想起这么多年，老庹在的时候，气氛总是无比热烈，先是他一个人眉飞色舞，然后空气中就有无数眉毛在飞，无数飞天在舞。以前他喝酒，那更是肝胆俱张，颐指气使。每次来北京，都喝的是壮怀激烈，有奔赴前线、英勇献身的气概。

为什么要那么喝呢？盛名在外。盛情难却。不喝多尴尬。喝了更尴尬。终于有两回是打着点滴返回的武当山。至此我才知道，北京酒风也是浩荡的。想想逻辑也对：北人豪饮，南人霸蛮，京城不过是南北会冲之地。

那些年的"有酒须醉"，后来还是断了篇。老庹先是胸腔焊了一下，后又鼻腔削了一下。内部的整形手术，导致正心、诚意发生了作用。老庹说："再喝酒，人就挂了。"于是竟然真的戒了酒。酒桌上仍坐着，笑眯眯点一颗烟，跟喝了酒一样嗨，妙语奇言，子弹一样打出。早知自带多巴胺调节功能，早年真是浪费了许多酒。

酒意和诗意，都在他的文笔中发挥着作用。只有这样，才能与现实拉开距离。生命的朽坏是一定的。因此，有什么资格去埋汰社会的朽坏。社会的朽坏，是人的意识状态的总集合。有什么样的生存，就有什么样的际遇。不能指望一代人解决所有问题；也不能指望一个空想家建立一个完美抽象的乌托邦，结果去忽悠大众。因此，必须新陈代谢，必须朽坏。给别人腾位置，为子孙后代积点福德资粮。假若都让这几十年给透支了，那般重视传宗接代的中国人，却不得不迎来断子绝孙的生殖淡漠。

酒意化作块垒，诗意也可以夹枪带棒地挥出。这是庹自身面临的写作命题。讽喻和刺喻，时时充斥在他的字里行间。各种嘲弄和幽默，让人忍俊不禁，又令人反省，浑身不自在。即便偶尔透露出抒情的姿态，也是冷硬决绝的，如同一只牛虻的抒情。他倒是真的实践了苏格拉底式的城邦精神，做一只牛虻，咬定了武当山下的这座城市，既解风情，又自带风油精。民风在他的循循善诱下，时而蠢蠢欲动，又时而万念俱灰。

这令我无比怀念在十堰的时光，世界的尺度不过是一把尺子，人民路就可以丈量。从三堰冲到五堰，从柳林沟转到老虎沟。白天做白日梦，夜晚当夜游神。这样的确定性，似乎一切尽在掌控之中。古老的武当山和神农架，还有日夜流淌的汉江，表述着一个不变的真理：少年与尘土，树木与骨灰，多多少少是一种同构的关系。

然而现代性还是来临了，一切都在加速之中。迭代性和繁复性令我们变得不适。技术、资本与规则日新月异，但人性却几乎没有什么变化。在现代文明的序列中，还遗留着前现代文明的种种阑尾和陋规，有些需要我们剥离，有些需要我们革新。面对这样"层累积淀"的文化与制度，我们还可以说什么呢，真的是无从说起。只有自己发愿去做，能做多少做多少，能改变多少改变多少。心境和外境，需要反复的摆弄和调适。

这也是我在老虔文字之中所看到的力量，无论是心性、性情还是现世风景，都一一转化在他智者般的简练句子之中。这构成了我们肉身曾经存在的某种证词，也构成了当代文化中的一部《世说新语》。同时，它也是一本另类的《两地书》——不曾有另外一个人，将北京和十堰的心理距离拉得这么近。

無從說起

一面之辞

做一块石头，坚硬，沉默，忠于内心，与自我为伴。相信阳光，但并不以此为信仰；相信爱，与季风握手言和。不抱希望，也不感到羞愧，看风雨尘世，一贯枯荣。

· ·

电影《西游记女儿国》中有一句台词：这世间，但凡能放下的，都是你未曾拾起的。其实呢，很多时候，正是那些尚未拾起的东西让人难以释怀。还是胡刍刍说得好，拿得起是举重，放得下是轻功。

· ·

不浪漫是一种罪恶。

· ·

林语堂体会到自己是草食动物，而非肉食动物，善于治己而不善于治人。安·兰德说，你不能把这个世界让给你所鄙视的人。这些提醒对读书人很重要，但又让人左右为难。

· ·

简单是一种风骨，也是一种美德。

叔本华说，所谓辉煌的人生，不过是欲望的囚徒。爱德华·默罗说，每个人都是自我阅历的囚徒。作家张广天说，人最深刻的悲剧，不是沉沦，而是不能彻底沉沦。

辽阔而巨大的午后，邝美云在浅浅地唱。但我和春天没有约会，我谁都不约，我要将这个下午当做余生看穿。

贾樟柯是一个优秀的导演，也是一个优秀的作家。他说，人应该活得悲观一些，悲观让人理性。他说，我越来越对形成共识不感兴趣。无穷无尽地阐述自己的观点是令人厌倦的，我们为了所谓共识的形成，内耗，犹如陷入沼泽，犹如鬼打墙。

人往往活了一辈子，才知道应该怎样生活，这就是人生的困难所在。小说《无声告白》里说，我们终其一生，就是要摆脱别人的期待，找到真正的自己。

艺术家王鲁炎说，人与人的隔阂不是因为缺乏沟通而导致的，相反，往往是由于沟通而产生的——不同世界的人，不聊不知道，一聊，才发现没法聊了。多吃一顿剩饭，就少吃一顿好饭，里外亏两顿，这是经济学的机会成本理论，也是我懒得跟人废话的原因。

人们在巨大的精神废墟上，陷入了无边的物质狂欢。

罗曼·罗兰说，大部分人在二三十岁上就死去了，因为过了这个年龄，他们只是自己的影子，此后的余生只是在模仿自己中度过，日复一日，更机械、更装腔作势地重复他们在有生之年的所作所为、所思所想、所爱所恨。

无论什么生意，人们都能把它干出传销气质。你看微商、直销、代购，甚至区块链。

还是我的老家天河口好，有江湖气，也有君子风。

孔子说："益者三友，损者三友。友直，友谅，友多闻，益矣。友便辟，友善柔，友便佞，损矣。"交朋友要交正直、诚信、博文广识的人，至于歪门邪道、阿谀奉承、花言巧语的人，还是离远一点好。

人需要三种陪伴：精神性的、兴趣爱好的、爱情的。最后一点大家自己把握，结了婚的下班早点回家，胡兰成徐志摩除外，他们只背叛爱人，从不背叛爱情。

雪国，道路在飞扬的雪下，朋友圈冻蒙了。失去了浪的条件，你们就失去了浪的能力，你们不是真的浪。

《无问西东》是一部好电影。一代人有一代人的困境与救赎，群氓时代与茹毛饮血诚无差别，愿我们用镇静、良善与勇气耗费一生。

每次找不到东西的时候，总想给它打一个电话。

《淮南子》说：物无贵贱，因其所贵而贵之，物无不贵也；因其所贱而贱之，物无不贱也。东西好坏，关键是看它的长处和短处，人也是这样，明白这一点，才能说服自己继续周旋于这个吵闹的世界。

....

我知道了，你们的母亲节，无非是在线上做孝子，线下回家让她给你们做饭吃。

....

只要能接受天热就必须流汗这个事实，世事尽可原谅。

....

电影《一代宗师》中说，风尘之中，必有性情之人。徐建军引用这句话评价过创投行业。这部电影里面还有一句话引述甚广：每一次相遇，都是久别重逢。武戏能打进文艺中年们心里，也是一个了不起的成就——大家都是有故事或者有事故的人吧。

....

但凡胸怀大志，一辈子怎么过都是拧巴。

....

那么多人，从不断的优秀中走向了平庸。没有什么东西比时间更容易敷衍，只是一些人愿赌不服输。从这一点看，我们的品性尚不如一名合格的赌徒。

能够道出的，皆非离殇。

听窦唯的《山水清音图》。雨下得不急不缓，无始亦无终，他端居内心的云端，简洁坚定，澄澈繁茂，曲水流觞，让人惆怅。

那么多油滑世故的人，也都曾经聪明绝顶。

郝子问我：哥们儿怎么样？我说：我对你不能接受，但还能够忍受。芥川龙之介说，最为贤明的生活方式是蔑视时代的习惯，同时又与它相安无事。郝子至少明白这个道理。

秀恩爱是一种病，是顽固失眠症患者曙光降临前的辗转难眠。"秀恩爱，死得快。"

《赳赳说千字文》终于出版了，他在解释"宇"和"宙"时起了兴致：面对无始无终的宇宙，做一个有限的人，可以为之欣喜，也可以为之痛哭，所以，活上一辈子，已经可歌可泣，夫复何求？

自恋 ◆ 纸本水墨 ● 2022年 ■ 横 65cm × 竖 65cm

三年除夜　白居易
晰晰燎火光　氳氳臘酒香
童稚戲庭遆　歲夜長堂上書帳前
萬緣感已忘不唯少歡樂兼亦無悲
夫妻老相對先生俺床
儼素屏簾店士青志傳燕尖
長劲合成行以我等最長次第来編躬七十期漸近
最下興
灘頭
己亥月繼總

池畔逐涼　白居易
風清泉泠竹陰稠三伏炎天涼似鞦
黃犬引迎騎馬客青衣挟下釣魚舟
自慙客自覺宜開坐賽步誰
眼更遠涼料得地身終老憂
紙應

自戀圖
馮廣博說
爺自自戀可以緩解疲勞
疲勞也可以緩解自戀

西江月十三　菠元鼎
太一輩前墓遁金漿
池海我月水運七
追係長冬蚯蚓
消遙聞漢日
道金門玉
殿青衣
引蔡礎
言向風
洎合蓊
神密功
向產倒
無中
人攘人

惊
禮總訊
話讓人
喜歡做人
事讓人
感動敍
人攘人

仁

不

黑亮垂直的髮斜飛的美挺
劍眉細長韞斂着銳利的黑
睜削薄輕抿的唇稜角分明
的身材究老高大都不粗獷
冷傲孤清卻又盎然逼人
于然獨立朗散發的是懷視
天地的強势

長皇安康
壬寅冬月冷於北原寫宮福莊
為壬辛前舊作補筆

有憲
歲在壬寅十二月
輔筆有喜

順功枝
醉浽晚閒象郡俪南意
睜貫彎籣小子志
監有青志蓮意
水素泉遇回頭

瓊樂　訪趙悄师不遇魚衣獨坐
何大同庵侶青衣外院
氤氳愭閒惠药句斜
鳥魚蒼直建煌

光暗幡午引斜
松教拉毛

没有无缘无故的快活，更没有无缘无故的不快活。

......

2016 新年献词：不活成你们期待的样子，更不活成你们的样子。人还是得有点情怀，反正也不会实现。留一米阳光，种三尺闲田。

......

人的精神性不在宏言伟词，而在由尊严、态度、细节构建的平静的力量之中。

......

装腔作势是浅薄的愚蠢，较自辩其智尤为轻浮。

......

不拘小节：不要因为节日小就不当回事，该过还得过，比如儿童节。那时我们还年轻，放荡不羁爱自由。儿童节转眼又到了，有多少人怀揣曾有的天真烂漫，在今夜将旧事烂醉入泥碾作尘。

......

必须原谅自己曾经的放荡不羁少年游。你不原谅自己，又怎么能原谅这个世界呢。

......

20 世纪 90 年代是文艺骚撩，现在是强买强卖。

不明白一些人为什么老在朋友圈给自己点赞。是《血战钢锯岭》般的孤独与悲悯吗？

真诚是唯一良药。

平安夜，孩子要我陪她们去步行街卖苹果。我去超市买了最好的苹果，回来洗净擦干，她们用食品袋一个个封装，又去商场买了包装盒。人潮人海，随波逐流，满大街都是苹果，她们一个也没能卖出去，看到别的孩子那么失落，她们反倒买了几个。

人生，无遗憾，不成眠。愿我们心有所持，温和坚定。

任正非说：一个人一辈子能做成一件事就很不简单了。他不知道，一个人一辈子做成一件事不容易，但一个人一辈子一件事都做不成更不容易。

经验可以延续，经历不能。一个人的经历以秉性和智识隐藏，它秘而不宣又无处不在。

城乡接合部的十堰万达，目前确有一种城乡接合部的气质。

....

真正难以对抗的生活是无趣，麻木的灵魂足以击溃肉体，让一个人不体面地零落成泥。

....

你的脸上，有你读过的书、走过的路、看过的风景、流过的泪，以及曾经爱过的人。叶蓓的歌也是。她说，我一点也不怀念青春，因为青春一直都在。

....

大学生军训，那么多顺拐，教官疯了，我的心脏也要粉碎性骨折。

....

《吴下方言考》说："襶襶（nài dài），不能事而笨也。"我老家鄂西北，这个词的意思是脏，例句：不要挨那个地方，襶襶得很。学者赵所生讲了一个故事：1981年夏，美国总统卡特来访，一见面念了两句中国古诗，"今世襶襶子，触热到人家"。当场无人懂，一番忙碌，终于查到诗出魏晋程晓《嘲热客》，意即现在有个不会办事的人，冒热到人家打扰。得承认，人家的学问真不是盖的。

无论怎样计算，都不过是草率地度过一生。

··

有人把当今社会的人分为五种：人物、人才、人手、人渣、人精。人精能力时强时弱，脾气时阴时晴，待人时好时坏。人精排在人渣后面，别有深意。

··

读书人总该留一份体面吧。人人拿钱说事，致命的溃败。

··

没有办法了，当盲人骑上了瞎马，还要策马扬鞭。徐文兵说，劝是徒劳的，他们听骗不听劝，你只能由着他，眼看着他万劫不复。公毋渡河，公竟渡河，渡河而死，其奈公何？

··

蛮干。狗咬铁丝嘛。

白居易有诗"半江瑟瑟半江红"，有人认为"瑟瑟"为发抖义。钱文忠在南大讲学说，"瑟瑟"在古伊朗语里指宝石绿松石，引申指绿色，诗句意即江水一半绿一半红。乐天先生熟悉波斯语，并常用于诗文中。学者赵所生说，此说有据，《周书·波斯》说，"波斯出……水晶、瑟瑟"。顺便说一声，世界百分之七十的绿松石产自中国，中国百分之七十的优质绿松石产自鄂西北十堰，十堰所属竹山县是中国绿松石之乡。

⋯⋯⋯⋯⋯⋯⋯⋯⋯⋯⋯⋯⋯⋯⋯⋯⋯⋯⋯⋯⋯⋯⋯⋯⋯⋯⋯⋯

李洪领说，感情这种事，乐观一点叫幸福，悲观一点叫命。说得一大堆70后心里哀鸿遍野。

⋯⋯⋯⋯⋯⋯⋯⋯⋯⋯⋯⋯⋯⋯⋯⋯⋯⋯⋯⋯⋯⋯⋯⋯⋯⋯⋯⋯

生活不是你能拿到什么牌，而是不管拿到什么牌，也甭管什么打法，你都必须坐地起价往上干。

20 世纪法国最伟大的象征派诗人保尔·瓦雷里说，世上没有什么比善意更为伤人。一些人捐点钱，要和受捐者合影。有几年，助学金开会发放，贫困生登台举着一个仿作支票的牌子，近乎游街示众。更有甚者，几年前某县为了防止低保作假，以政务公开为名，在低保户门上钉上牌子。不加遮掩的善良不仅践踏人的尊严，而且有辱斯文。做善事是积阴德，不可行善于人前以求赞谢，否则一分功德都没有。

......

河南三门峡陕州地坑院，结识澄泥砚非遗传承人王驰先生。我祖上也是手艺人，玩的是铜铁锡铝，异曲同工，故而相谈甚欢。请砚一方，获赠泥胎模具一付。唐代，红丝石砚、端砚、歙砚、澄泥砚为四大名砚。红丝石砚十分罕见，至宋，改奉端砚、歙砚、洮砚、澄泥砚为四大名砚。

......

快乐的方法很简单，你给过他人多少，就将加倍收获多少。

月兒彎彎照九州　幾人歡喜
幾人愁　幾人高樓飲美酒
幾人流落在街頭　幾人歌
功立頌德　幾人隔離沒吃喝
頂多地球一過客勿忘世
上苦人多　壬寅三月七靖

默契　◆　纸本水墨 ● 2022 年 ■ 橫 75cm × 竖 36cm

吴天明是一个好导演，但《百鸟朝凤》算不上一部好电影。与《归来》比，它是一部粗制滥造的作品；与《最爱》比，它是一部缺乏文化真诚的作品。

⋯⋯⋯⋯⋯⋯⋯⋯⋯⋯⋯⋯⋯⋯⋯⋯⋯⋯⋯⋯⋯

生活不是泥沼，除非你是一摊烂泥。

⋯⋯⋯⋯⋯⋯⋯⋯⋯⋯⋯⋯⋯⋯⋯⋯⋯⋯⋯⋯⋯

观察一个人有无教养不难，看看他群居时能否优先为他人着想就是了。

⋯⋯⋯⋯⋯⋯⋯⋯⋯⋯⋯⋯⋯⋯⋯⋯⋯⋯⋯⋯⋯

有一条微信，《一位家长写给孩子的信：今天你努力一点，比将来低头求人强100倍》，十万加，好评如潮。我觉得，看了也没有什么用，只要自己做不到的，都不要寄望于儿孙。我们得明白，人活着原本就不是为了与人比高低的。

⋯⋯⋯⋯⋯⋯⋯⋯⋯⋯⋯⋯⋯⋯⋯⋯⋯⋯⋯⋯⋯

美国摇滚歌手彼得·布雷瓦出版了一本漫画杰作《利维坦之书》，他说，幸福与否不在于庞大的所得，而在于渺小的欲望。

⋯⋯⋯⋯⋯⋯⋯⋯⋯⋯⋯⋯⋯⋯⋯⋯⋯⋯⋯⋯⋯

"除非你帮助过别人，否则不要看低任何人。"赳赳说，仗势助人，不要仗势欺人。

那天在一个苍蝇馆子吃面，为了一张餐巾纸，中年男子一遍遍叫嚷，其实邻桌就有。与魔鬼战斗要小心自己成为魔鬼，想起日本电影《夏目友人帐》里面的那句话："我想成为一个温柔的人，因为曾被温柔的人那样对待，深深了解那种被温柔相待的感觉。"我很幸运，我应该时时警惕自己成为我讨厌的那种人。

喝喝茶，撒撒娇，吹吹牛，发发牢骚，憧憬一下不可能实现的未来，一辈子也就过去了。

情怀可以解释一切事情，但不能解决任何问题。

语言和文字的差别有多大？请向朋友圈里睡在一张床上却用微信聊天的鸳鸯们请教吧。

群氓时代，群殴社会，所有人反对所有人。

川语新词：拉稀摆带——不干脆、不耿直、不利索，拖泥带水、狗扯羊腿、躲奸耍滑。

恩情美满 地久天长

戊戌七夕熱河一鶴

七夕　●　纸本水墨　●　2018 年　▪　横 80cm×　竖 40cm

米兰·昆德拉说："他们只有在安全的时候才是勇敢的，在免费的时候才是慷慨的，在浅薄的时候才是动情的，在愚蠢的时候才是真诚的。"这句话，真是让人气馁。

人对自我的一切赞美，都源自饥渴或恐慌。

冬练三九，夏练三伏。年年去办节，累觉不爱，生而有涯，我们都是命定的牛郎织女。

勒庞在《乌合之众》中说，人一到群体中，智商就严重降低，为了获得认同，个体愿意抛弃是非，用智商去换取那份让人倍感安全的归属感。没有办法，丹麦哲学家克尔凯郭尔已经说过了，人生有三种绝望，一是不知道有自我，二是不愿意做自我，三是不能够做自我。向往但又不能活出真我，是人生最深刻的绝望。我也很绝望，为自己不能彻底战胜这种绝望而绝望，但是法国作家安德烈·纪德在《地上的粮食》中说，你永远也无法明了，我们做了多大努力，才对生活发生了兴趣。

有些事情，生活毫不知情；有些事情，命运好不知趣。

复旦大学终身教授童兵说，流言的扩散与信息的重要性成正比，与公众批判能力成反比。

在台儿庄会战中，抗战英雄王铭章死守滕县，被日寇合围，城破，巷战，肉搏，王铭章身中数弹。临终，他命令手下突围：你们快撤，老子死在这里很愉快。

学不好蠢死，学太好憋死。

将每一天过得平平淡淡，是一个人终其一生能够成就的美好的结局。乐释说，人类世界永远只有一种成功，那就是用自己最深爱的方式度过并不漫长的一生。

今日之局限，也许会被未来证实为完美。

一代词宗夏承焘作词、子曰秋野作曲演唱的《过七里滩》，苍凉沉郁地笼罩了我有关南水北调移民的全部认知。

………………………………………………………………

一个人在阴影里待久了，便会成为阴影的一部分。莱蒙托夫说，真可耻，我们对善恶都无动于衷。

………………………………………………………………

生活赋予艺术以意义。艺术让生活的重回到轻，为轻赋予重。

………………………………………………………………

每个孩子都是不一样的花朵，参差多态乃是幸福本源，但是关于这一点，我们实际上知之甚少。

………………………………………………………………

孩子是父母的一面镜子，你什么样，孩子便什么样。有人说，越是"底层人士"越要避免自己在孩子面前唉声叹气，越是"成功人士"越要警惕自己对孩子成长的忽视与盲目自信。

………………………………………………………………

天气好，我就是天气本身；风雨中，我心澎湃如昨。君子居易以俟命，小人行险以侥幸。悲观，但从容地前行。

六堰老人事局下面的郧县三合汤不知所终了，邮电街上的花溪牛肉粉张冠李戴了，车城商场和地税局旁边的阿杜拉面挥刀自宫了。悲那个催的，我一个吃面的，旧世纪混进新世纪，眼见着走投无路了。

杜甫也会骂人，"癫狂柳絮随风舞，轻薄桃花逐水流"——你看他们左右逢源，你看她们巧笑如花。

把每天都活成一辈子。

快下班了，明晃晃的阳光近了末途。胡赳赳重操《北京的腔调》，苏瓷瓷进入《第九夜》，王波的《故乡被时间击溃》，李初初依旧沉醉于《寂静苍穹下》。春风十里不如你，我在水涯，这是一个中庸的午后，花朵们相遇，我们不必怀春。

我的朋友圈有毒，每天都在催人奋进。

《天将雄师》符合成龙的价值观，这部电影告诉人们备胎十分重要。1994年，成龙进军好莱坞，我在《车城文化报》编发过一条消息，《成龙：拳打脚踢拍电影》。

同样是寄情山水，辛弃疾说"我看青山多妩媚，料青山见我应如是"，一个"料"字，有商量的意思。早他四百多年，有一个狂人，"相看两不厌，只有敬亭山"，众鸟飞尽，孤云独远，诗人非但没有物我两忘，反而更加壮志凌云：只有敬亭山能跟我一比，其他的都是扯淡。

生为天才，李白辛弃疾不幸掉进了猪圈。两个人都好酒，辛弃疾喝多了憨态可掬："昨夜松边醉倒，问松我醉何如。只疑松动要来扶，以手推松曰去！"跟子曰秋野在《人生如酿》中唱的意思差不多："你走，我不走。墙走，我也不走。"

我们喝进去的是酒，撒出来的是尿，诗人斗酒诗三百，喝进去的是酒，出来的是诗歌泥石流，"五花马，千金裘，呼儿将出换美酒，与尔同销万古愁"，真正的黄河之水天上来。那时候没有夜总会，曲水流觞，喝多了就拼诗，"岑夫子，丹丘生，将进酒，杯莫停。与君歌一曲，请君为我倾耳听"，最多口吐白沫，伤不了和气。

人家虽然纵情声色，但心中有愤怒而无戾气，性情豪放又能持重自守，精神的洁癖没有泯灭，是狂狷之士，所谓狂放不羁，形散而神不散。《论语》讲："不得中行而与之，必也狂狷乎。狂者进取，狷者有所不为也。"朱熹讲："狂者，志极高而行不掩。狷者，知未及而守有余。"

狂悖与狂狷不同。再往后，才华不及但酒后癫狂悖理之徒却比比皆是。登高而歌，弃衣而走，自高贤也，谓之癫。癫狂，实际上就是失心疯。登峰造极的，明代的徐渭算一个，八试不第，九次自戕，最后怀疑老婆出轨，杀了人，余生潦倒。但徐渭终究还是"大明三才子"之一，书画文字，风华绝代。

徐渭是病人，我们又能好到哪儿去。酒乃媒介，据称通灵，属治愈系，但酒也是催化剂，可以洞穿人性。所以醉卧沙场，一技在身很重要。喝多了，写不出诗，可以去搬砖，吟不了还可以去量贩 KTV 死磕。或者直接昏死过去，只要能够大梦再醒，还是好汉一条。

总之不能酒炸，容易露出底裤，"文胜质则史"——形式大于内容，知识分子就变成了姿势分子，算不得君子。

茉莉盛开于兰花的春天，夜晚淋湿了诸神的新年，乏善可陈的不是枪炮玫瑰。每一个不可更改的手势，楼梯拐角处，往日的笑脸边开边落。

....

木心说，人要靠人爱，此外没有希望。人到教堂，或养猫狗，不过想从神，或从猫狗，得到一点爱的感觉。但真正的同情，应该来自人，给予人。那么多的尘肺病人，父亲、儿子、兄弟、丈夫，一个个被抬回来，坟头上的青烟随风飘散，仿佛他们从未降临。

....

种草不同于种花，乍暖不同于初寒，电影《有种你爱我》不同于生活以及性生活。阳台小草坪大快吾心，电影院里嗑瓜子的女人坏了我缱绻一梦。

....

没有人会真的一无所有，因为至少还有病。亚健康检出率那么高，四五十岁高发，教师、公务员高发。

蔡康永说："我吃到的食物，七次好吃，三次难吃，我就用七成的味觉享受美味，三成的味觉忍受苦涩。我无意放大世界的善意，也无意放大世界的恶意，只是依照比例，老实地接受有晴有雨的天气。世界与我，互相而已。"

受了委屈不要紧，关键得有人知道，最好是关键人知道。说到底，脑子里面还是长着一条辫子。

这是 2014 年最后一天，新的一年即将到来。总有一天人们会明白，善良远比聪明要重要得多。

有人说，幸福就是有的可想，有的可爱，有的可期待；有人说，幸福并不取决于财富、权力和容貌，而是取决于你和周围人的相处。

"告别的时候到了。"2014 年 2 月 12 日，钱理群在三联的演讲中，以此宣告了他的退场。过了几天，看到余世存说："这世上仍有纯真的眼睛和心灵，我们中间仍有人活出了精神。"

《冷山》，山河狼藉，散发银质的寒冷，无处不在的缠绵与悲伤，教人在幻梦中幻灭，在幻灭中重逢。爱入骨髓，痛彻心扉，去路亦若归途。

邓宁－克鲁格效应告诉我们，能力越差的人，越容易高估自己。《中庸》讲，愚者自用，贱者自专。

零度之后，不适合行走。冷空气尖酸刻薄，有欲咳的冲动，必须高度克制。感冒发自肺腑，重度咳让人眼冒金星。这种感觉，犹怒而难愤，内心尘土飞扬。

"我们总是喜欢用反话来掩饰自己心里的百转千回，不料对方却信以为真。终其一生，不过是在寻找一个人，懂得你的言不由衷。"回望年少轻狂事，多少楼台烟雨中。

想不清的事情不做，做不到的事情别说。不要谈论理想，理想不是用来谈论的。

眸 ◆ 纸本水墨 ■ 2022 年 ■ 横 35cm × 竖 32cm

漫无目的、漫无边际、漫不经心，生活的意义在于失去其意义。

....

老家有一句俗语，光鼻子滑眼，一肚子青菜屎。意思是一个人长得好看却百无一用，跟然并卵差不多。还有很多，癞蛤蟆背青蛙，长得丑玩得花；癞蛤蟆跟青蛙比美，不知道丑性。

....

自亢的人多半气虚。记者问：你不觉得现代人都很自我？陈丹青：那叫什么自我，那叫自卑。《淮南子》说："欲为邪者，必相明正；欲为曲者，必相达直。"一个道理。

....

王溢嘉说，"逍遥游"的现代含意是：挣脱感官与思维的锁链，走出柏拉图的洞穴，破除由长短、多寡、对错、得失、顺序所衍生出来的贵贱、优劣、善恶、智愚、甘苦之别，从"相对论"进入"齐物论"，超越各种偏见和成见，以大视野、大胸襟、大格局来重新关照和定位自己的人生。

人有七情六欲，持之于胸叫"中"，表现出来符合礼度叫"和"。《大学》说，"知止而后有定，定而后能静，静而后能安，安而后能虑，虑而后能得"。中和且平，但绝不损耗勇气、血性与韧性。

霍去病，西汉名将，勇冠全军，以骑兵全面取代车马，开创战场比较优势，善长途奔袭、闪电战和大迂回、大穿插作战。自古美人如良将，不许人间见白头，霍去病卒年二十三岁，葬于咸阳茂陵。我一路西行，兀立冢前，两千年前的大漠风尘连同金戈铁马皆已遁于无形，人们鲜衣怒马，于此嬉戏流连。

懦弱不是罪恶，如果它给你带来了罪恶感。

有人说，成功的人有十三个特点：面带微笑，气质纯朴，背后说别人好话，听到某人说别人坏话时只微笑，过去的事不全让人知道，尊敬不喜欢你的人，对事无情、对人有情，多做自我批评，为别人喝彩，知道感恩，说话常用"我们"开头，学会聆听，相信自己。鸡汤虽好，当心有毒，鸡汤对低血压有效，但是高血压患者现在那么多。

所谓无聊，其实就是将原本有聊的人生扯得一阵阵蛋疼。

··

灵魂就是隐藏在你身体里的黑暗和火焰，有时像画出来的敞亮和寒冷。一个谦卑的灵魂，总在纯净的内心和孤单辩解。

··

无事可做，有人可想。

··

要搬家了。那些发黄的信笺，像一枚坚硬的钉子，从时间的缝隙中笔直地迫近柔弱的晨昏。

··

美国临终关怀护士 Bronnie Ware 总结了人一辈子最后悔的五件事：未过服从内心的生活，工作太拼命，压抑想法未表达，忽略朋友，放弃快乐。

··

2003 年汉江漂流的时候，去看陕西勉县武侯祠，里面有一副今人写的楹联：孤忠遗恨千秋在，大林悲风日夜鸣。

懒散与散淡不一样，正如不在乎与宽容不同。赳赳说，宽容是一种美德，不在乎不是。

一个人做一件好事不难，难的是一辈子只做坏事，一件好事也不做。

"至远者非天涯而在人心，至久者非天地而在真情，至善者非雄才而在贤达。"新的一年，愿远者近、久者恒、善者共。

郑辛遥说，按本色做人，按角色办事，按特色定位。我请廖延唐老先生写好，装裱挂在编辑部办公室。十五年过去了，廖老已仙逝，我与他的手书相顾无言，只觉郑辛遥这句话误人不浅。

凡事以道德自居者，皆不可言。

过年了，能回来一聚的朋友一年少似一年。世道芜杂，生活孟浪，当年月把拥有变作失去，不能期待之物，于内心深处与日俱增。

一个人修一座房子一百天，十个人十天，一百个人一天？四杯二十五度的水加在一起是开水？

不浅薄，不世故，不小我，不封闭。遇高不低，遇低不高，不卑不亢，不悲不喜。

有一个姑娘在微博中说，我喜欢来日方长的男人和不堪回首的女人，是他们让这个世界变得意味深长。

中国人现在视邻居为陌路，却称陌生人叫亲。人们在现实生活中用真名说假话，在网络中用假名说真话。

电影里面说，人生苦短，任何欢愉总是片刻的。大欢愉，不在人间。

昨夜，冒着春晚的枪林弹雨睡了。零点附近，美梦被震耳欲聋击溃。大家还是习惯用火药说话，千百年如此。

我有一个朋友在保险公司管事情，他们这样赞美女客户：如果一个女人好看，就夸她漂亮；如果不漂亮，就夸她有气质；如果连气质也没有，就夸她有女人味儿。

我在梦里，辗转难眠。

柳下惠说："春风鼓，百草敷蔚，吾不知其茂；秋霜降，百草零落，吾不知其枯。枯茂非四时之悲欢，荣辱岂吾心之忧喜。"坐怀不乱的柳下惠是春秋人，本名展获，字子禽，谥号惠，是展姓和柳姓的得姓始祖。柳下惠生性耿直，不事逢迎，三次黜免，很不得志，但他的道德文章却名满天下。

原谅伤害你的人，不等于你没有受到过伤害。小农意识就是一些人自己活得不好，也希望别人活得不好。

满面红光，一脸茫然。有些人表面上看没什么个性，背后看其实也没什么共性；有些人表面上看没什么共性，背后看其实也没什么个性。

给人欢喜、给人希望、给人信心、给人方便。有意思，上网一查，佛光山信条。

还有最后十几天了，必须积极、稳健、有见地地、理想不死地结束这一年。

"孩子呱呱坠地，学会走路，她（他）一天天离你越来越远。作为父母的喜悦与焦虑，就像是自己的心脏在体外奔跑。"为人父母，我们的感受不如奥巴马深刻，他在校园枪击案发生后的这个演讲感人至深。

都说今年的春晚不好。我不同意，至少比明年的要好吧。

午后阳光罩在头上，时光大街狗肉飘香。有知识的越来越多，有常识的越来越少；有居心的越来越多，有良心的越来越少。

且来　◆　纸本水墨　◆　2023 年　■　横 36cm × 竖 75cm

有时候，无法做到对生活守口如瓶，只好选择对阳光讳莫如深。

2012 年 8 月 4 日，十堰暴发小流域洪水，丹江口市盐池河乡和房县沙河乡受灾最重。

我以为张立志会流下泪来，但他忍住了。这个五十六岁的男人皮肤黝黑，形容憔悴，冒雨在废墟中发掘有用的家什。两日降雨七百九十毫米，洪水滔天，只容他一条短裤逃生。他八十一岁的老父挖出一缸玉米，洗了三遍，还是一股臭味。父亲只育有他一子，没有任何依靠，这让他深感孤独。

扒在办公室的后窗防盗网上，只剩头透出水面，上面就是天花板，没有空间了。村部是瓦房，杨玉明抠开天花板，上房是最后的活命机会。为救 72 岁的炊事员高世才，他们困在了大岭坡村部，熊聚文眼见没有生路了，不禁痛哭失声。杨玉明水性不错，本可以走，但他说了狠话：要死一起死。水居然退了，他对老熊说："今晚见面，十分幸运。"

深秋的生命遇见生命的深秋。"我们每一个人，都会得到应得到的一切，而不是想得到的一切。"

弘一法师说，我不知何为君子，每件事肯吃亏的便是；我不知何为小人，每件事好占便宜的便是。《论语》讲，君子喻以义，小人喻以利。有人以为便宜就是钱，肤浅，名与利比，诱惑可要大得多。

··

山水之间，气似浓秋，神农架，淡茶浊酒，别尘烟，尽愉欢。秋野，赳赳，我，斗地主，赌注是波兰的生命之水，未及三巡，全体阵亡。

··

凡事不必执着。小撸怡情，大撸伤身，强撸灰飞烟灭。

··

"心一松散，万事不可收拾；心一疏忽，万事不入耳目；心一执着，万事不得自然。"那一年，列车行至秦巴腹地，赳赳偈曰："穷途断崖水云来，鸟飞涧流山自在。百花无主风收拢，万事随缘我放开。"

··

当伤害无法避免，受伤害会成为人们庸常生活的一部分。《归来》，人类确有无力改变的悲戚。

青春，因为美好，所以都是破碎的声音。

2012 年，张艺谋超生门爆出新内情，"搂妻照"出自故交。有评论说，朋友变成敌人，比敌人还可怕，敌人变成朋友，比朋友还可靠。

世上所有的路标都不能帮你找到你的路，如果你不能读懂它们。

读书人之行止文谈、水平识见业已渐行渐远，我们正在刚愎自用加勇往直前中，日益堕落成为勤奋的蠢货。有温度、懂情趣、会思考，渐被油滑世故、混吃等死、装神弄鬼取代。

巴顿将军说，愚蠢而又勤快的人，干得越多祸害就越大。

真正的骄傲，是事成之后众声喧嚣中的默然。真正的懦弱，是势去之后进退失措的张狂。

霸气、义气、孩子气，缺一不可。

失败多因拖延，痛苦多因缠绵。宫崎骏在《起风了》里面讲，没有什么会比幸福的回忆更能阻碍人们幸福。情理之中，进退之间，大抵如此。

⋯⋯⋯⋯⋯⋯⋯⋯⋯⋯⋯⋯⋯⋯⋯⋯⋯⋯⋯⋯⋯⋯

有些人总觉得自己遇人不淑。你从不曾真正遇见过自己，遇到再多的人又有什么用呢?

⋯⋯⋯⋯⋯⋯⋯⋯⋯⋯⋯⋯⋯⋯⋯⋯⋯⋯⋯⋯⋯⋯

有人说，极性社会，私人空间无比温暖，公共空间无限寒冷。

⋯⋯⋯⋯⋯⋯⋯⋯⋯⋯⋯⋯⋯⋯⋯⋯⋯⋯⋯⋯⋯⋯

我们台的微信公众号真是体贴，天冷了，他们去采访医生，冬天穿八分裤、露脚踝会导致很多疾病发生，还有男人冻到尿路感染。最危险的是女孩子，长年穿着露脐装会导致宫寒以致不孕不育。

⋯⋯⋯⋯⋯⋯⋯⋯⋯⋯⋯⋯⋯⋯⋯⋯⋯⋯⋯⋯⋯⋯

人只活一辈子。雷霆雨露，俱是天恩。

⋯⋯⋯⋯⋯⋯⋯⋯⋯⋯⋯⋯⋯⋯⋯⋯⋯⋯⋯⋯⋯⋯

在古代，冬至是要放假的，官衙闭门，商铺歇业。文化复兴，应该从学会放假开始。

⋯⋯⋯⋯⋯⋯⋯⋯⋯⋯⋯⋯⋯⋯⋯⋯⋯⋯⋯⋯⋯⋯

钱钟书说，屋子外的春天太贱了。

满江的新歌《Mr. man》，适合理想依然猖狂的中年男人深藏功与名。

··

扫舍在《十九年的阿姨》中写道：贫穷不是罪过，贫穷的人努力挣扎，拼命工作，养活家人，让孩子受到教育，是更加令人敬佩和尊重的。对他们的歧视，是这个社会的耻辱。

··

冬天一身正气，夏天两袖清风。

··

电影《无问西东》中说，忙碌给人一种麻木的充实感。James Houston 说，忙碌是一种道德上的懈怠。忙碌是内在恐惧和个人焦虑被压抑，奋不顾身拼命爬，为的是要制造一个令人羡慕的形象。

··

王怜花是古龙《武林外史》中的一个厉害角色，任性邪媚，文治武功，人称千面公子。古龙借他说了一句话："一个人能才大于志，便已脱离苦海；还能土木形骸，他就是有福了。"土木形骸语出《晋书·嵇康传》："身长七尺八寸，美词气，有风仪，而土木形骸，不自藻饰。"说的是一个人的形体像土木山川一样，本来面目不加修饰。王怜花告诉我们，才华就是用来浪费的，一个人能才大于欲望就能获得解脱，而喜欢掌声的人，应该进马戏团。但是世风日下，所以南怀瑾不得不接着往下说，人生有三大不幸：德薄而位尊，智小而谋大，力小而任重。

再坐上十几分钟，我得出发去火车站，穿过这个阳光黯然的城市和另一段无所事事的时光，迫近漫长的归程。火车会穿过江汉平原，再进入万山丘壑，车厢内会照样嘈杂，人们仍旧自说自话。旅行不是目的地，目的地也不是旅行，这枯坐与那远方，陌生而同样令人厌倦。

我对自己深怀人世的悲悯。帕斯卡尔说，人之所以伟大，在于认识到自己可悲。可是有那么多人觉得自己无所不能。

"一个真正见过大世面的人，会讲究，能将就，能享受最好的，也能承受最坏的。他们散发不一样的气质：温和却有力量，谦卑却有内涵。"我完全赞同，只是最后一句不好，建议改一下：谦卑却有态度——尊重自抑不是和稀泥。

蹡蹡輕趁步 翩翩舞随腰

歲在壬寅三月十七 刘靖

李煜，南唐后主，生于 937 年，天生一个诗人，不幸做了皇上。生于七夕，死于七夕，风流总被雨打风吹去。

老树的画有丰子恺的气韵。丰子恺说："有些动物主要是皮值钱，譬如狐狸；有些动物主要是肉值钱，譬如牛；有些动物主要是骨头值钱，譬如人。"老树说："万里江山，不过几点水墨；千秋岁月，只是一声叹息。"

据说林肯说过，人过四十就应该对自己的相貌负责。经济学家汪丁丁说，中年之后，不要谈未来。

生活不仅有诗和远方，主要是有眼前的苟且。不止眼前的苟且，还有远方的苟且。

无论爱与不爱，这一天都会过去。这一生也是。

人总是本能地往能够带来希望的人身边靠拢。别人有事找你，力所能及地搭一把手才好，帮不上也没有关系，给人家解释清楚就是。

动画片里，螃蟹大王说，我要接管大海和星空，我还要接管渔网和海藻。张牙舞爪，好不威风。

....

愚蠢是一种道德上的缺陷。愚蠢不是先天的，它是一种后天选择的结果。

....

你觉得别人傲慢，其实是你自己傲慢。我见诸位，便只觉十分美好。

....

鬼谷子：乐之以验其僻，喜之以验其守，怒之以验其节，苦之以验其志，惧之以验其持，哀之以验其人。高兴→节操，快乐→邪念，发怒→气度，恐惧→品行，悲哀→仁爱，困苦→意志。这太疯狂了，我不是演员，经受不住这样的考验。

....

妄人充塞人间，一切不足为奇。该配合的一定配合，但你们不要超范围经营。

....

少年怒马在《朋友圈哭穷指南》中说，哭穷也是要资本的。你必须像杜甫一样，心怀慈悲、人品过硬、视金钱如粪土，才能穷得理直气壮，穷得尾大不掉。

在一个阴冷、吊诡、毫不正当的时代，凡庸的、性感的、应当释放的一切悉数癌变。生活不会和解，唯有受过伤害的人，才会懂得历经劫波之后的辛酸与希望比愤怒与感动更加来之不易。电影《蓝色骨头》让我相信，这世界需要和平与安宁，尤甚于需要光明和敬意。

怀揣美好者总是发现美好，心持善念者更易相信善意，英雄总是能够相逢好汉。这个理论在心理学中叫孕妇效应。

我们进入了孤独的群时代。

有人过生日买醉卖萌，打油一首相赠：桂花时节年华高，酒池肉林千樽少；贪欢一晌今且罢，虚光浮影岁易老。

王国维的词真的是禅定静远。美人迟暮，英雄气短，他说"最是人间留不住，朱颜辞镜花辞树"。

今日无霾无风，阳光大好。冬日里暖阳如瀑，简直可以让人想起青梅竹马。上班太不人道，应该集体放假以酬衷肠。

我们读书，无非是期待能够置身其间并与自己的内心推心置腹，坚持这笨拙的力量，不过是为了更简洁地与自己相遇。

朋友圈不要谈论时事，智商不重要，伤感情。

体检，等待宣判。我确实没病，你们医院有什么资格称我为"病友"？没文化。

娱乐至死的沙尘暴铺天盖地。愿你们烈马青葱，不为他人的目光所累。

必须有羞耻感地活着。

车城宾馆终于还是关张了，很遗憾。只有朱师傅的理发室还在坚持，大门左手便是。好手艺，二十分钟，理发，净脸，一气呵成。当他的刀锋在我鼻翼和眼睑游弋的时候，有清脆的风声从高处掠过。

每一个朋友相加，就是我此生的绿水青山。

············

活着不容易，死也并不那么简单。韩国电影《与神同行》中说，人死后成为死者，四十九天内要接受关于谎言、怠惰、不义、背叛、暴力、杀人、天伦的审判，通过者方得投胎转世。远离万劫不复的深渊，需要现世积累生而为人的本钱。

············

火车餐飞机餐，我不明白，一个盛产饭桶的国度为什么弄不出一个质价匹配的盒饭。

············

2015年10月9日，中国足球队的官方微博发了三个字：对不起！我觉得该说对不起的是我们，曾经对他们抱有意味深长但却毫无意义的期待。《尘雾家园》说，有时候毁灭我们生活的并非仇恨，而是我们彼此抱有的希望。

············

《四十二章经》：逆风扬尘，尘不至彼。

············

四十五岁的韶关籍女保姆何天带在广州毒杀十位老人，只有一个家庭报警。不寒而栗。

韩愈说:"君子居其位,则思死其官;未得位,则思修其辞以明其道。我将以明道也,非以为直而加人也。"苏洵说:"贤者不悲其身之死,而忧其国之衰。"近读八大家,颇多悲壮句。

....

油价高涨,记者采访市民。哥们儿说:"能说脏话吗? 不能? 那我就没什么好说的了。"

....

曾国藩说,黑与白交,黑能污白,白不能掩黑;香与臭混,臭能胜香,香不能敌臭,此君子小人相攻之大势。这句话真是让人悲观,但转念又想起了另外一句话:我们活着是为了遇见好人,不是为了改造二货。不禁莞尔。

....

在这个喧嚣芜杂的世界,一切都在变,人们挤进、争夺、劫掠、冲撞,那些一成不变的简单的事物反倒弥足珍贵了,如同我们身处城市对于日渐凋零的故乡的惆怅。

....

2011 年流行词,轻度。例句:我轻度弱智了,我轻度衰老了。

未知 ◆ 纸本水墨 ▪ 2023 年 ▪ 横 75cm × 竖 36cm

什么是奢侈？法国人雅克·阿塔利在其《21世纪词典》中说："不再是积累各种物品，而是表现在能够自由支配时间，回避他人、塞车和拥挤上。独处、断绝联系、拔掉插头、回归现实、体验生活、重返自我、返璞归真、自我设计将成为一种奢侈。奢侈本身是对服务、度假地、治疗、教育、烹饪和娱乐的选择。"他这个关于奢侈的解释太奢侈了。

⋯⋯⋯⋯⋯⋯⋯⋯⋯⋯⋯⋯⋯⋯⋯⋯⋯⋯⋯⋯⋯⋯⋯⋯⋯⋯⋯

若是每个人都能够将良性的道德选择，作为日常的生活方式，以举手之劳，听从他人具体而微的需要，一个健康的社会就不会是镜花水月。

⋯⋯⋯⋯⋯⋯⋯⋯⋯⋯⋯⋯⋯⋯⋯⋯⋯⋯⋯⋯⋯⋯⋯⋯⋯⋯⋯

喜大普奔、说闹觉余、不明觉厉、人艰不拆、细思极恐⋯⋯丈母娘、城管、临时工、大V⋯⋯2013，你还好吗？

⋯⋯⋯⋯⋯⋯⋯⋯⋯⋯⋯⋯⋯⋯⋯⋯⋯⋯⋯⋯⋯⋯⋯⋯⋯⋯⋯

国家发改委原副主任、国家能源局原局长张国宝在回忆二汽在十堰建厂时的往事时，出现了几处小的疏误。堰，并不是被群山环抱的山坳，而是拦水坝。十堰火车站就在十堰，在三堰的是汽车站。丹江口水库淹了均州和郧阳两座千年老城。郧县县城后靠重建，并没有搬到五堰，在五堰柳林沟的是原郧阳地区行署。

有人谈年轻女性三大刚需，撩汉、赚钱、变美。这些需求被称之为所谓女性新消费，据称当下很多创业项目都在围绕这些需求展开。

··

对待弱者的态度，说明一个人的教养；对待强者的态度，说明一个人的品性。

··

汉代名将李广，骁勇善射，一生与匈奴征战四十余次，战功无算。公元前 119 年，壮士暮年，请战漠北，终因迷途未能迎敌，卫青问罪，李广羞愧自尽。老骥伏枥终或力有不逮，少年英雄大可一笑了之，英雄与好汉，相煎何太急？

··

2018 年 1 月 1 日晚 11 时，日本女星苍井空在微博上说：我结婚了，请多关照。很遗憾，我没看过苍老师的作品，所以也就没有什么感想可发表。就这样吧，再见。

··

韩非子在《说难》中说过：与国君谈论大臣，他说你离间；谈论小民，他说你去权；议论宠臣，他说你找靠山；议论他厌恶的人，他说你在试探他；言辞干练，他说你理屈；滔滔不绝，他说你轻率傲慢。

韩非子看得如此真切，你可能没有想到，他最后还是因为说话而死于非命。伟大的王尔德说得好，忠告只对别人有用。

....

"我看电视不算多，每每打开电视，我就感觉到失去了陈虻。"很多人在看《陈虻电视杂谈》，一个逝去的电视创新英雄孤独悠长的精神旅行，但是有多少人能体会崔永元高山流水般的郁郁寡欢。

....

老成持重的黄昏一瞬间便笼罩了整个房间，使人真实地感受到这个冬季还有一言难尽的漫长。张承志说：生命就是希望，它飘荡无定，自由自在，它使人类中总有一支血脉不甘于失败，九死不悔地追寻着自己的金牧场。也是这样一个冬天，1991 年，大一，病守宿舍，与《北方的河》相濡以沫。深沉，悲悯，弥漫银质的寒冷，生发野火的蓬勃，理想主义者总是在生活的迷雾中隐忍前行，他们的人生才因此不致凌空蹈虚。

....

阳光打在脸上，阴影留在心里。徐复观说，所有的书生，都是悲剧的命运。

朋友圈，晒吃晒喝晒娃晒幸福。80后作家张佳玮说，所谓浮躁，也就是时时刻刻，希望以最短的时间，博取最多的存在感、优越感和自我认同。

领导不是那么好当的，孔子说，君子有"五美四恶"。五美：惠而不费、劳而不怨、欲而不贪、泰而不骄、威而不猛。四恶：不教而杀谓之虐、不戒视成谓之暴、慢令致期谓之贼、出纳之吝谓之有司。那些有魄力的人，最好多读点书。

如今一些人，追名逐利，只显出荒诞不经。杨绛先生说："世态人情，比明月清风更饶有滋味；可作书读，可当戏看。人情世态，都是天真自然的流露，往往超出情理之外，新奇得令人震惊，令人骇怪，给人以更深刻的效益，更奇妙的娱乐。"伟大的马克思说得好，谁要是为名利的恶魔所诱惑，他就不能保持理智，就会依照不可抗拒的力量所指引给他的方向扑去。

诗人玛丽娜·茨维塔耶娃写道：我独自一人，对自己的灵魂，满怀着巨大的爱情。

有消息说一些字改了拼音，比如"一骑（jì）红尘妃子笑"改成了"骑（qí）"。随后有人辟谣说，只是送审稿，并未通过。其实通过了也可以理解，文化败给文盲符合趋势。

....

人生在世，所有人都要受四种东西的限制：时代、知识、思想能力、个人品德。前三点是恩格斯说的，后一点是李锐加的。

....

外国的科幻片总是打铁，中国的科幻片还是挖矿。

....

不抱团遮羞，不盲从作恶。现代人可惜了这句话。

....

我不怀念过去，也不担心未来，巨大的人群川流不息，无限的事物交替发生，我们要努力成为自己的乡愁与道场。

....

十堰将实施中心城区水资源配置工程，引堵河之水入中心城区百二河。四十年前，百二河完全不是今天这般模样。1978 年，我住在张湾大岭路口的四爹家，门前百二河清澈生动，水中游鱼成欢，岸上流沙如梦，每日里我带着小伙伴们抓鱼摸虾，那年夏天涨大水，洪水漫上了兽医站的二楼。河对面有一个小商店，两分钱三颗水果糖，我是它的常客。四妈带着我翻过屋后的山岗，顺着铁轨走了十分钟到达一个供销社，我脱掉行将穿帮的布鞋，穿上了平生第一双帆布鞋。

人们离开故乡才能获得故乡，人从自身抽离才能获得自身。

在镜花水月中八仙过海，到最后不过依旧梦幻泡影。"如果波涛明白自己终究仍不过是一滴水，则成为水并不是一件苦闷感伤之事。"

本质上，文字用于沉默。

庆祝改革开放四十年，东风公司的微信公号发了一篇文章，《走出群山，逐梦神州，奋进东风写华章》。我转这篇文章的时候说，这是东风人对外迁的价值判断。记得陈天会先生当年说过一句话："东风公司在十堰上完小学中学，到武汉上大学去了。"陈

顺 ◆ 纸本水墨 ● 2018 年 ■ 横 17cm × 竖 28cm × 6

家义先生看到以后回了一句话：东风人的十堰情结有故土之重，不走出大山就没有今天对老根据地的反哺。

· ·

老子说："我有三宝，持而保之。一曰慈，二曰俭，三曰不敢为天下先。慈故能勇，俭故能广，不敢为天下先，故能成器长。"那么多奋勇前进的人，靠的是胆子，不是脑子。

· ·

有教授说，不要再把月光族叫穷人了，这个词太伤人自尊，应该改称价格敏感消费者。

· ·

预报昨晚有雨，我把车停在外面，准备来个天浴。很痛心，一滴雨都没有，一世浮尘天地凌乱，白车通体愈发面目狰狞。女同事更郁闷，乔装打扮无人约，素面朝天遇情敌。人生就是这么无常，跟谁讲理呢。

· ·

不懈怠，也不紧张；不讨巧，也不刻奇。刻奇是 Kitsch 的音译，它的意思不是媚俗，而是自媚——讨好自己、迎合自己。

赳赳说，世界上最遥远的距离，是昨日之我与今日之我，是自我的面目全非。他在春分大董宴上说，我把春色分三份，一份流水两份尘。

．．．．．．．．．．．．．．．．．．．．．．．．．

泽元先生写全真草堂的千年银杏："怀揣千古茂盛，我永远一意孤行。就是无限寂寞，也让俗世高不可攀。"

．．．．．．．．．．．．．．．．．．．．．．．．．

杰克·韦伯说，保持自尊是任重道远的，它需要很多个体力量和内在资源，我们每一天都需要重新证明自己的价值，证实我们存在的理由。他写道："说谎，意味着无法理解他人，也不愿意被他人理解。"说谎与沉默不同，鲁迅说，明言着轻蔑什么人，并不是十足的轻蔑，惟沉默是最高的轻蔑。

．．．．．．．．．．．．．．．．．．．．．．．．．

一个人说你是性情中人，其实是说你是一个有缺点的人。

．．．．．．．．．．．．．．．．．．．．．．．．．

网上"996"的讨论很热闹，人活着不是为了工作，这样下去，活着又有什么意义？有人也出来说话了："不为996辩护，但向奋斗者致敬。年轻人自己要明白，幸福是奋斗出来的！"这句话引起了很多人的激烈反弹：别说 996，007 都不是问题，关键是薪酬匹配，离开了这个来灌鸡汤，不是黑而是坏。身边也有一些管事的人跟风说事，我一个朋友人狠话不多：土狗子打饱嗝，屎吃多了。

弗洛伊德说，人可以防御他人的攻击，但对他人的赞美却无能为力。

贩卖焦虑是一门生意。2019，江湖术士似乎想攻陷微博热点。

阳台上的勿忘我开了，我起初一直以为是茉莉，这么多年，我的赞美牛头马嘴，十分惭愧。这一生，我们有过很多词不达意甚或进退失措的话语，倒也没有关系，汤显祖在《牡丹亭》中说，情不知所起，一往而深。错爱也是爱了，阴差阳错，也成就过许多美好。

胡因梦在《清贫的美德》中说，越是艰难时刻，越是需要乐观的生活态度，这是"安贫乐道"的本质。胡因梦 1953 年生于中国台湾，被誉为"七十年代台湾第一美女"，两次获得金马奖，三十五岁息影专事写作，著有《生命的不可思议》。李敖对她十分痴狂：如果有一个新女性，又漂亮又漂泊，又迷人又迷茫，又优游又优秀，又伤感又性感，又不可理解又不可理喻的，一定不是别人，是胡因梦。

⋯⋯⋯⋯⋯⋯⋯⋯⋯⋯⋯⋯⋯⋯⋯⋯⋯⋯⋯⋯⋯⋯⋯⋯⋯⋯

汉江樱桃不同于山东樱桃，也不同于车厘子，它们之间的差别，有你们的初恋与现任那么大。

⋯⋯⋯⋯⋯⋯⋯⋯⋯⋯⋯⋯⋯⋯⋯⋯⋯⋯⋯⋯⋯⋯⋯⋯⋯⋯

太阳笔直地罩在头上，大街上空无人烟，广播里，漂亮的弦子在唱《醉清风》："最后，还有一盏烛火，燃尽我。曲终人散，谁无过错，我看破。"

双向
奔赴

蒋方舟说，并不清贫的女学生真是一种最理想的生活。胡长明说，尚未走出校门的人们都是围墙内的幸福者。长明是我的学长，早一年毕业，在城里谋得一份营生——这是20世纪90年代初期我们小镇青年的梦想归宿。到了我临近毕业的时候，他来了一封信，说他所住的集体宿舍有一个空床，"已置旧被二床于榻侧，可备不时之需。"他现在定居珠海，是攀岩高手，越野达人，卓越的职业经理人。

藏地文艺男神李初初回来了，每天酒池肉林，被摧残得生不如死。他在新书《寂静玛尼路》中说，感谢时间，让一切变得温暖。而我要感谢他，夜晚的香味漫上双眼，清澈的寂静会宽恕人世间一切虚无的荣光。

张五毛在《春困》说，一线城市容不下肉体，三四线城市容不下灵魂。李洪领说，现在的人，灵魂找不到肉体，肉体失去了灵魂。

1993 年，母校数学系毕业的诗人潘能军出版诗集《一座花园的构成》。那时我上大二，老潘将签售的余书留给了我。诗集的第一辑是十四行，"精致的美让我走上迷途，雪在你的姿容中显得更加露骨"，翻开诗集，赤裸裸的才华劈头盖脸打过来，令人发指。

过年，难得一聚，建了一个群，叫做深夜疗养院。昨天半夜一个个从被窝滚出来，猴年嚎到鸡年。这是一个互联网量贩式 KTV，看电影和唱歌可以自由切换。累了，看《硫黄岛的来信》，赸赸去快进，有些卡，以为音量太小，赸赸 +++……一声炸响，振聋发聩，赸赸猝不及防，像弹簧一样，被巨大的炮声从调音台掀上了对面的墙壁。

林语堂说，人终其一生，无非就是在不断探知自己的人生到底应当有什么样的意义而已。赵向前评论说，然而这个过程却没有什么意义。

既然生活已经千疮百孔，我们就必须把它过得漏洞百出。

收到中医大家徐文兵老师的新作《饮食滋味》。先贤有言，病从口入，祸从口出，此书诚乃烟火人间活命指南。《饮食滋味》俩月大卖三万册，徐老师很开心，酒酣耳热之际，他说：当年不懂酒，把酒放坏了；当年不懂茶，把茶放坏了；当年不懂女人，把女人放坏了。野夫闻之，纵声大笑。我与胡赳赳一合计，不对啊，后一句得改：当年不懂女人，把自己放坏了！徐老师端起酒杯环视全局，沉吟道：恶毒，恶毒啊。

胡赳赳说，雄心是照顾好身边的人，野心是踩着身边的人往上爬。

苏瓷瓷从精神病院辞职回家，在平行网上写诗，张执浩叹为观止，推荐给潘能军，老潘把她的资料转给我，推荐语中说：上帝把一个天才降临人间，我们有什么办法。报纸刚好缺一个文学编辑，跟她见了面，流程走完，我说你回去等着。转身把这事儿给忘了，过了几个月，在网上看到她获得了春天文学奖，才想起来通知她来上班。办完入职手续，她说：你怎么这么势利，我得奖了你才要我？

李洪领说，好人理解不了坏人有多坏，坏人理解不了好人有多好。他还说，执着是一种病，执着于不执着也是。

———————————————————

十年了，李伟一直在拍一部叫做《大地》的系列影像作品，见证他日渐陌生的故园。他是内蒙古人，但长相十分江南，他曾在乌镇的水榭中教我怎么拍姑娘。赳赳在这本摄影集的序言中写道：田园之荒芜处处显示出人工的痕迹，以及透支未来后留下的难堪，历史在时时刻刻不知如何是好，行走在大地上的茫茫人群，将程度低一些的痛苦视作幸福。

———————————————————

若论保温杯，我要赞美张欧亚。三十岁，棉纺厂护厂队长入行刀笔业。欧亚行走如风，身边迷妹变幻如疯，一支破铁不保温之杯，端在田间地头，也端在明镜衙堂。二十年，杯中水，心中事，楚天名记憨然一笑身如铁。

自适 ◆ 纸本水墨 ■ 2021 年 ■ 横 12cm × 竖 20cm

尚扬老师说，人一生下来就老了，我们所做的一切都是为了让自己变得年轻。上二年级的庹一宁在看图写话时写道：那一天，小明在河边玩风筝，鸭子在河里嘎嘎地叫，柳树在飘荡，花儿唱着快乐的歌，燕子在自由飞翔。写得好，可惜我再也不能体会这种简单笨拙的快乐。

三十年过去了，老狼身上仍有一种那个时代特有的善良与感伤。纯真时代不在了，纯真还在，何其珍贵。那一年，我们在十堰一个路边摊儿喝瓦罐藕汤，他一直念念不忘。

刘靖的汉隶有三十年功力，已入臻境，给我写扇面"专治各种不服"，但落款时又补了一句，"靖四爷除外"。他是梨园世家，戏画别树一帜，"曹衣出水，吴带当风"，寥寥几笔，气韵飞扬。但他的职业却是新东方的十年功勋教师。

我喜欢吃面，刘靖并不擅长。他们在成都吃火锅，"如果有什么问题是一顿火锅解决不了的，那就再吃一顿"，但是我跟火锅完全驴头不对马嘴。返京后，他每次吃面都在微信里跟我说，我知道，我们见上一面并不容易，他是在用吃面来想念我。

在成都，我和赳赳同居一室，早上爬起来，看到酒店的台历，一个光膀子莽夫抱着一个西瓜正在猛啃，旁白是：强扭的瓜不甜，但是解渴。爆笑。我们拿着台历过去让刘靖画。他画了一个甩白眼的青衣，旁边一个叉着双腿啃西瓜的小丑，深得个中三昧。

杨沐在成都小酒馆的义演结束后，大家去唱歌，刘靖唱李胜素的《梨花颂》、屠洪刚的《江山无限》、刘欢的《去者》。他是京剧世家，我忘了，来唱什么歌呢，真是有病。他一曲终了，美女迎上去：抱一个！他喝大了，径直跟杨沐灌酒去了，美女伤了自尊，恨恨地，坐了一会儿要走。我过去跟他说：你这不是撩骚吗？他说：我这是前戏。我说，那好，前戏，你以后就叫这个名字。

后来赳赳总结说，男人之所以想征服女人，是因为自恋，一个人克服自恋是最难的。又说，美女是刮骨钢刀，一个人特别有定力，不为外界所动，是精足的表现，真正的精能转化为炁，炁化为神，这是最大的性感。刘靖听了十分受用，觉得自己特别高尚。

年前，他的工作室被迫从帝都迁回老家承德，他就像一个孩子丢了心爱的玩具。那些个夜晚，他意兴阑珊，我们有一搭没一搭地聊了很多，我原本早睡早起，被他熬得鼻青脸肿。

我喜欢他画的青衣，笔墨春秋，有一种无法言说的力量，给人持久的代入感和想象力，足以让人沉湎其中无法释怀。这是一个艺术家的人性洞察力，也是他对"人生如戏，戏如人生"一言难尽又睟面盎背的艺术渲染。

红尘万丈，我们每个人终将还得回到本心，我喜欢刘靖的不事藻饰，喜欢他那种横冲直撞又炉火纯青的艺术轻功。艺术家一了说："人无格艺术就无格。当你明白一切的努力都是愚蠢的，都是虚无的，你就豁出去了撒野，此时拙劣、粗野、愚笨也许就在混沌里放出光明。"

刘靖的今日事功，无非前戏。

威尔焦在微信中说：你要活成一个主观的人，客观的东西没有价值。我问他这句话是谁说的，他也忘了，只记得在哪里看过，查了很久，无功而返。好句，多么痛的领悟。

收到李修文的新作《山河袈裟》。修文在赠言中讲，山河袈裟，不攻自破。他是苏瓷瓷的老师，也是她的朋友，她半夜爬起来写东西，遇到不会写的字就打电话给他，修文有什么办法。

王波说，人到中年，要么服软，要么服药。他从《冰点》跑到《博客天下》，又到腾讯谷雨，反复主编，从加班狗变成了资深加班狗，作为 80 后，已经深具中年气象。早些年，他在《冰点》的时候写过一篇题为《血船》的特稿，讲的是乡人们乘船从湖北到河南卖血求生的故事。有司看到，骇然：这是身边人写的啊？我说：咱们这里钟灵毓秀，人杰地灵。

赵向前寄来水墨台历。作品沉静深情，温婉秀逸。向前兄是一个优秀的画家和平面设计师，西安人在洛阳，伉俪情深，一边画画，一边开着一个书店，他是一个安静的美男子，以在想像书店赔钱为生。

我说将写作当做一种生活方式，远比将其作为远大理想要重要得多。苏瓷瓷说，你干脆辞职专事写作算了，反正你又不喜欢上班。我觉得她跟我有仇。

由村返城，收到余世存老师的新著《时间之书》。先生在赠言中说：时间之美，不舍昼夜。这是一本有关风物流变的节气著作，也是一本有关自我觉悟的心灵之书。"知识的富有、智力的优越在节气面前无足称道，因为我们每个人都得面对自身。"

我在乡下种地，汗如雨下，大夏天的，热水上身竟然打了寒战。徐文兵教导说，汗出莫浴，汗出莫当风，伤肾。徐老师每年春节都去看望他的老师，真的是知书达礼：不仅学问好，还知道送礼。

"你若知因果，我便识善恶。"子曰秋野发布2016年度盘点歌曲《香菇蓝瘦》，总结今年发生的大事小情。推广词说，只要心系美好，未来便无所畏惧。

老鹰乐队的小伙子们都老了，时隔五十年，他们白发苍苍再唱《加州旅馆》，以作告别演出。小号寂寥高亢，吉他在暗夜中徘徊前行，红尘旧事氤氲四散。大军说，告别演唱比当年要好。是啊，比歌声还要打动人心的，是五十年的藕断丝连。

洪峰真是爷啊，他的宋庄艺术发展基金会在中山赔钱办展，赳赳在前言中写道：大公无私是一个多么高尚又艰难的事业。

"知足不伐安去岁，归人负禾炬新年。"赳赳今年写给我的春联是《道德经》。懂得满足才不会受到屈辱，正如杨绛所说，一个人不想攀高就不怕下跌，也就不用倾轧排挤，如此可以保其天真，成其自然，潜心一志完成自己能做的事。不伐，指的是不自夸耀，三国刘劭《人物志·释争》："盖善以不伐为大，贤以自矜为损。"一个正常人真的不好自辩其智。

李初初的《纸上喂马，心上喂鹿》，是一本发着高烧的时光情书，也是一本告别之书。从《寂静苍穹下》走到今天，这个神的孩子即将终结他的情爱少年游，开启他的围城英雄传。

交心图 ◆ 纸本水墨 ◆ 2019 年 ◆ 横 34cm × 竖 20cm

李初初的诗里，有一种纯净的欲望和惶惑的温柔，他在《假如雨水是最好的花朵》里写道："雨水四溢，我不该借雨的名义想念你／假如夜已熟睡／哪怕在蜂王的宫殿里／你也必然落座于那雨花上的王座／雨水倾城，你却倾国／假如雨水是最好的花朵／这一枝细密心事／它该有翻手为云，覆手为雨的美好／它应在你不久清晨的镜中／化身为虹。"

大立儿说，以前以为坚持就是永不动摇，现在才明白，坚持就是犹豫着、退缩着、心猿意马着，但还在继续往前走。斯科特·派克在《少有人走的路》一书中说：多数人认为勇气就是不害怕，现在让我来告诉你，不害怕不是勇气，而是某种脑损伤。勇气是尽管你感觉害怕，仍能迎难而上，尽管你感觉痛苦，仍能直接面对。

湖南娄底在办原创流行音乐春晚选秀活动，冠军奖五万，杨沐是总决赛评委。他转发微信说：如果有不敢表白的姑娘，就写首歌给她吧。我说：不理解表白障碍。他说：我实在不知道能去做什么。我说：那好，你写五万的歌，到时候，你带上钱，我带上你，咱们杀上前去，来一场表白大会。他说：就这么干！

《水调歌头——南水北调中线全纪录（2005—2014）》出版了。韩玉砚在微博中说："同乡群里，堂弟喊我的乳名说，帮我订一本书，过年回去了给你钱。堂姐在书里看到去世的二爹，悲喜交加。在汉江驾船的叔叔、太太，也各订了一本。对文化程度不高、背井离乡的移民来说，自己的故事变成白纸黑字并为人所知，是莫大的安慰。"

我看到以后，跑到他的办公室去给他们签书。韩玉砚是郧县韩家洲人，这个村的龙舟驰名汉江，在完成最后一场龙舟赛的 2010 年 6 月，全村一百零九户四百三十八人外迁随州。陶德斌拍过一张照片，2010 年 6 月 16 日，韩家洲青龙船结束赛事返程"倒龙"，韩天根手持龙首站在船头，汗水与泪水流过他黪黑的脸庞。

2012 年 11 月，韩天根病逝于随州。他应该就是韩玉砚堂姐的二爹。我给他堂姐写了巴西现实主义摄影大师萨尔加多的一句话："我想说说移民的故事，为了那些在迁徙中艰难生存的人们，也说给那些能够收留他们的人听。"

三丑垂涎一丑戲執扇不倒笑
味上流推戲倒自咭起金錢賙
裡有禪機爾笑戲丑不生
棄前仰後翻句
引汝大肚能容
汝調戲吾志但
在世間立
戊戌諧月
熱阿繪連

2015 年 11 月，子曰秋野在东方卫视摇滚中国。秋野应该是哮喘发作了，排练的时候，不停地咳嗽，嗓音嘶哑，崔健让他降调，他不同意。那一首《相对》，谦和，坚定，有一种无所谓，更多的任逍遥，比在保利剧场"不插电"更加动人心弦。秋野歌声中发散的人间烟火，袅绕出生命底里的悲悯与自在，这首歌唱了二十年，再次道出了世道人心。

群里甩了两张樱桃的照片，在成都的曾洁崩溃了：我不看不看不看。远在江门的范雪说得好，樱桃上市了，我与家乡的距离又远了一年。

那年，赳赳被樱桃逼疯了，直接订了机票，勒令我上街拎了两筐樱桃直扑机场，三小时后，我们在苹果社区开了一个群樱会。

周斌听朋友说青樱桃泡酒可以预防和治疗冻疮，就用二锅头泡了三瓶，但一直没有派上用场，今天他看了看瓶底日期，2009 年。同事袁黎小时候家住平原，风大，还没入冬，手就会长冻疮。后来全家移居十堰，但她的手还是年年冻，父母想了很多办法都不见效，听人说樱桃泡酒抹手很管用，泡了一瓶天天搽，遗憾冻疮依旧。袁黎跟周斌说，你那樱桃酒如果没坏，就喝了吧。

王娟小时候也生冻疮，大人们说樱桃泡油治冻疮，于是家里用香油泡樱桃给她抹手。当然没有用，手上，脚后跟，照例冻坏，每到这时候，她的父亲就背着她上学放学。父亲的背，雄厚温暖，在大雪中背着她艰难行走的记忆，留在心底，经年难忘。

卢家波的老家在竹山，小时候山里有野樱桃树，果小味酸。有一次，他妈妈碰到一棵，樱桃所剩不多，想办法摘了，用树叶包好拿回家，他一口气吃了，结果上吐下泻。后来才知道，野樱桃是有轻微毒性的。

曹莉老家五百米远的地方有个水塘，塘边上是一圈樱桃树，树挺大，大集体的财产。有一年樱桃成熟的时候，乡邻们都去摘樱桃，有个大姑娘也上了树，不料树枝折了，这姑娘连同树枝一起掉进了塘里。水不深，没有生命之虞，于是她就站在水里，不慌不忙地独享那一树繁华。

十几年前，刘冀聪和弟弟还在外地念书，有几年吃不到应季的樱桃，她妈妈想了一个办法，用饮料瓶罐装，放在冰箱冷冻，寒假回来，他们全家一起吃冰冻樱桃。

范雪写的是爱情：那年，正芳华。矢志不渝地支撑着异地恋。揣上一瓶樱桃酒，背上一个双肩包，挤上一列绿皮车，过道里，站、蹲、坐，各种姿势，经过一天一夜，终于结束了五味杂陈的旅途。一路南下，一路脱衣，丢了外套，丢了充电宝，唯有一瓶樱桃酒紧紧护在胸前。若干年后，柴米油盐淡了风花雪月，那一瓶樱桃酒，没有了爱情的味道，变成了每年浓浓的乡愁。

网友倦飞的鸟说，婆婆家门口有一棵樱桃树，每到樱桃成熟的时候，婆婆都会叫回她和老公，婆婆提前摘下樱桃，洗好等他们归来。"如今，树不在了，婆婆不在了，我和老公也散了，但是曾经的温暖一直留存心中。还有对婆婆的一份愧疚，心底里一道看不见的伤痕。"

包场秦晓宇的纪录片电影《我的诗篇》。在人生的暗河中，我的诗篇日夜奔流，这种遇见妙不可言，足以让我们忘掉一切陈词滥调。2004 年年底，拉家渡把他的珠江诗歌节搬进了十堰一个酒吧，诗人秦晓宇还没上场就醉了。后来听说，他每天一进办公室就让秘书开一箱啤酒，喝完就下班。可是，他酒量那么差。

胸太小了，不适合打台球，费劲，不够性感。秋野总是一杆收，觑觑看我手忙脚乱，笑得那么邪恶。我不玩了，去邻桌看姑娘。

下午上班的时候，暴雨如注，铺天盖地。小时候常有这样的场景，我站在屋檐下，眼见着粗重的雨柱漫随卷地风来，在街巷中横冲直撞。空中弥漫着久旱甘霖的尘腥气，目之所及，大地苍茫，夜色就要来临，一个少年的内心充满巨大的恐惧。

1983 年，百年一遇的汉江洪水摧毁了老家天河口两条街上的全部民居。水来得太快，人们从睡梦中惊醒的时候，洪水已经上街，很多人赤身逃离。父亲跑上山以后，又冒险返回，用绳子缚住爷爷的寿材顺水拖了出来。夜里一点开始倒房，天崩地裂，哭声连片。

我们在后山上的盐库寄居，五户人家挤在一起，用檩条椽子隔开。打了一个灶，捡了一张吃饭的桌子，加上我和妹妹的两张床，再无立锥之地，父亲母亲只得下山，在老屋的废墟上搭了一个窝棚栖身，一住数年。

父母起早贪黑，终于建起两间房子，不够用，后面搭了一间偏厦做厨房兼我的卧室。房后有一个山洪沟，暴雨走水的时候，裹挟而来的杂物堵塞沟渠，山洪就要倒灌进屋。无数个这样的黑夜，我打着手电筒，看父母拿着锄头，在排山倒海的雷声中，一次次冲入雨夜，有时竟致彻夜不息。

周斌老家在平原，后院有一棵杨树，十分粗壮，但是杨树质地稀脆，易折，每逢暴风雨来临，不时有枝丫坠落屋顶，小时候的他总是担心这棵树被雷电或狂风击断刮倒。三十多年过去了，每次下暴雨，那种深深的恐惧依然会杂沓而至。

周玉洁对大雨的记忆与我们不同。小时候，住在房县老街的她盼着河里涨水，跟过节似的，看上游冲下来木盆木柜，还有猪在水上漂，一边看一边叫，好大的盆，好大的柜，好大的猪，觉得上游住的人家都是有钱人。孩子都在桥上看，不断看到惊喜；大人都在岸边捞，不断捞到东西。

陈涛小时候，六堰广场还是一片平瓦房，下大雨的时候，百二河的水会漫进屋里，大人用木板把门一挡，给他们一个盆，向外舀水。退水后，大人们在河道里捞鱼虾，他们在岸边捡。傍晚的时候，炊烟升起，大人们开瓶西凤酒，就着新鲜的小鱼小虾，像过年。

1985年，王斌还在郧西六郎上初中，操场下的不远处就是金钱河，每逢涨水，浑浊的河里会漂浮着各种禽畜，有时候还有人。他听大人们说，面朝下的是男人，面朝上的是女人。

丹江口，旧地。同学带我重走了一遍均州二路、沙陀营路、车站路、丹赵路。吃完一碗梦里水乡的炒米粉，往事凌空飞舞，一时浮生若梦。

观自在　◆　纸本水墨　◆　2019 年　■　横 80cm×　竖 40cm

觀自在

只負獨身似
無為訟學太
公假句善意來君子
狐疑問養德循行時
魚肥乙亥四月十三畫

熱河櫃連

我们是师范院校，每月发四十六元餐票，男生总是不够用，有些女生却吃不完，她们会把多下的餐票送给心仪的男生。其实，餐票在学校是通用货币，在学校周边的小超市、录像厅、台球室、苍蝇馆子畅行无碍。老雷肯定拿到过很多，我从来没有享受过这种福利，我很惭愧。

2015 年，传统媒体又一个离职潮。9 月 24 日，胡赳赳授权搜狐文化独家发布《我为什么离开〈新周刊〉》。他说，职业有三阶段：老板做主、老子做主、老天做主。

那年，徐文兵叫我们去一个老胡同涮羊肉。堵车，他一个人先到，等了一个多小时，待我们坐定，喝了一口水，他恨恨地说：我来早了，害你们迟到。

高原说，那时我二十岁，并不迷茫，其实我们的迷茫是从四十岁开始的。当一个人有过经历，有过得失后，才容易变得迷茫。高原用镜头记录下了中国那个不朽的摇滚时代，《把青春唱完》出版后，她在北京办展，我看到那些照片，恍若隔世。

和东臣、龙伟在外滩瞻仰夜上海，十里洋场，火树银花不夜天。我们自拍完一张合影，东臣突然说，人生充其量不过是一场炫丽的浪费。

保利不插电系列，子曰秋野和风细雨风雷动。子曰秋野的《降噪》专场其实是一场音乐的法事表演。生命的轻功，艺术的举重，不是批判，而是嘲弄，不怒不嗔，远离肉身；起于肺腑，留有悲声，不急不缓，重若泰山。

昨天是我此生中倒数第二个青年节，明年今朝，此情难待成追忆，桃花春风不相识，愿你们无负韶光，自在悠扬。我的青春韶华已经挥霍殆尽，此后的每一天，都是我余生中最年轻的一天。

厚朴中医学堂原来的书法老师叫林糊糊，美不胜收，字好，画也好。那天，她在微博写道："楼下牡丹已开成这样，春天过得太快，不过好在四时都有风景，惜取当下多看几眼，画在纸上。"我跟徐老师说，看景要趁早，一朵花开成海洋的时候，春天就进入了暮年。

梦甜　◆　纸本水墨　■　2019 年　■　横 34cm × 竖 20cm

李洪领在武当山西神道修得全真草堂，赳赳欢喜而去。今日电话告我，搜集翻制台湾《道书集成》六十部，嘱余转交。

内人有洁癖，程度存疑，每天跟在身后收拾屋，不穿鞋要吼，东西用完没有放回原处要吼，我很无奈，跟她讲，作家玛丽莲·弗伦奇在《醒来的女性》中说，生活比秩序重要，适度的混乱对心灵有益。她说，很简单，你去跟玛丽莲·弗伦奇过吧。

叶蓓的文字温婉轻盈，质朴沉着。"在她活着的最末几年，总说让我给她唱《渔光曲》。一开始，不好意思，但我还是乖乖地站在她的床头，像学校的汇报演出一般，两手正反相扣，挂在胸口，笔直笔直地站着。跟姥姥说，姥姥，我开始唱了啊，您别睡着了啊！"

很多年了，他每天不停地给我办公室打电话，响一声就挂断，有时候假想我不在，电话便响成一股泥石流。在他暗自得意的时候，我突然抓起电话，一瞬间抓住他。他努力镇定，但声音惊慌，最终语焉不详。后来我知道了，他是一个病人：年近天命，酷爱文字，有过妻儿，没有朋友。

胡赳赳跟实习生讲：第一不要恃才傲物，第二不要觉得怀才不遇。生起我慢我疑时，想想乔布斯的话，人总是要死的。

黄旭峰在微博中说："一个姑娘问我婚姻是什么？我说婚姻是手牵手，走远路。她说，半路累了呢？我说，累了就歇歇，没有好走的路，没有好相处的人。她说大伙都看着呢？我说，婚姻就是一台戏，亲人是监督演出的，朋友是看演出的，他们的任何议论都没有演员的感受真实。"突然想起那年在一个婚礼现场看到的话：走在一起是缘分，一起在走是幸福——可惜那场婚姻很快镜破。

因为移民，我在老家有了新宅：武当山下、汉江河畔，三层小楼、后有别院，另辟菜地四分，可植春夏秋冬。赳赳用王维回我："我心素已闲，清川淡如此。请留盘石上，垂钓将已矣。"我用德诚禅师回谢："千尺丝纶直下垂，一波才动万波随。夜静水寒鱼不食，满船空载月明归。"我们到底还是心向光明的。

　　赳赳和王喆寄来三七粉和古树滇红。三七厚朴中医出品，一百二十袋，每袋二点五克，我和母亲一个月的用量。王喆用了整个晚上，将它们分封装袋。我吸烟太多，总是咳嗽，赳赳嘱我改喝红茶，说绿茶尤其是秋茶寒性太大。

　　2012年2月，冯广博的微博关键词：十点早餐，屋顶种菜，松土浇水，拔苗助长，喝茶看报，朋友聚餐，周末阳光，白云苍狗。

徐文兵捎了本台湾版的《字里藏医》给父母，过节回去，师太很严肃地说应该把腰封撕掉，并指着腰封背面上的一句话让他看。原来上面引用了网友的一段评论，说此书比某某三位的书好，其中两位还是他熟悉交往的朋友。徐文兵在微博中公开道歉："印刷腰封内容我不知情，但借口褒贬同行的行为是可耻的，我在此郑重道歉，并已通知台方撤销腰封。"徐老师和师太令人肃然起敬。

在海南初晗大仙，获赠新书《一刀不能两断》，立马横刀间有蒹葭苍苍，秋风落叶处有春潮雷动。邹静之说，大仙确实擅长在文字的死角中，令语言豁然开朗。

趄趄怒了，要收拾儿子。我说，古代父母对孩子有七不责：当众不责、已悔不责、临睡不责、用餐不责、欢庆不责、伤心不责、疾病不责。不知道他有没有记下来。

孤单的时候，一个人就是全世界；狂欢的时候，你还是你自己。秋野说，痛苦的时候，哈里路亚；幸福的时候，阿弥陀佛。

我在阳台的花盆里植有栀子茉莉，也有青菜萝卜。每天清晨醒来，我坐在一把小凳上，与它们相互端详，见它们蓬蓬勃勃，生出振奋温柔。那年春节，赳赳写了一副对联给我，"无为始得大自在，有神方知小乾坤"。知道时空辽阔，就会明白我们于红尘万象中，无非飞羽浮芥，繁复飘零，终须心归一处。

诗人李亚伟说，精神家园不是一个具体的地方，不是一道菜，我们得回归到一个具体的行为上来；也不需要你找它，是时候了，它自会来找你。

广博似乎懂得反观经络，他因此在命运的眷顾中步入了心灵的归程。一洼菜地盛开于屋顶露台，也盛开于风雨尘世，于农人而言，风雨实苦，但是对一地葱茏来说，却是玉液琼浆。他置身于这种矛盾，愉快接受生活的馈赠。

《菜农笔记》写的是具体而微的生活，也是冯广博精神家园的征象。山水田园姹紫嫣红，他每天读书、跑步、种菜、喝茶，经过时间，经过形形色色的人群，不骄不躁。我甚至有一种错觉，广博也许在明月清风的前世，曾经绛帐授徒，蒙课为生。

北大胡续冬说过，十堰人多打打杀杀的江湖气，一言不合便要两肋插刀。少年广博原本也是一个生猛的物种，只是你们已经无缘得见。如今，广州的和风细雨吹散了他内心的电闪雷鸣，梅果与阿布这两袖清风催生了他人到中年的柔情怜意。

杜拉斯在《怦然心动》中写道："爱之于我，不是肌肤之亲，不是一蔬一饭。它是一种不死的欲望，是疲惫生活中的英雄梦想。"坚守内心的和平与安宁并不简单。世相日渐沦落，又有多少人还在独善其身呢。广博姓冯，夫人梅果姓冯，儿子阿布自然也姓冯，他们一家真是久别重"冯"的人啊。

蒋方舟说，坚定地成为自己，同时关心他人的命运。学会爱这个世界，但随时准备好与之抗争。

汉江樱桃真是十堰人的乡愁啊，每年樱桃上市，远在广州的冯广博口水翻飞。范成大说，"谷雨如丝复似尘，煮瓶浮蜡正尝新。牡丹破萼樱桃熟，未许飞花减却春"。汉江樱桃成熟，要在谷雨之后的立夏，他写的应该是江南品种。南唐冯延巳的"惆怅墙东，一树樱桃带雨红"，却恰似冯广博在《菜农笔记》中写下的思乡病。

十年前，赳赳给儿子写了《27条忠告》。有一条他没有完全做到：年轻时热爱诗歌、摇滚和女人。他应该即刻悬崖勒马，在这一条里面加上一个前缀：像雷伯伯那样。否则，儿子长大后，他过来人的姿态将不攻自破。

2018年9月28日，臧天朔因肝癌病逝于北京，五十四岁。我唱过他的许多歌，《心的祈祷》《分别的时候》《朋友》。叶佳说，很多年后，有人写这一年的故事，开头大概会是：2018年，那是很凶的一年。确实是很凶的一年，我失去了兄弟黄星，积劳成疾，年仅四十六岁。

"很多人之所以拼命工作，是因为他们无法面对工作之外寂寞的人生。他们在工作中不但找到价值感，还找到人际陪伴——即便只是工作性的。"顺便说一句，像苏瓷瓷那样去健身房玩儿命打铁不是放松。

斗破盲窗不放松 摇滚斗翅雨
刀擎双後退怒跃
起一口机灵勇者赢

戊戌龙月冷慈云逸叟下画
馥莲簃主人热河一鹤陕

斗乐图 ● 纸本水墨 ● 2018年 ■ 横49cm × 竖40cm

诗人昆鸟在诗歌中写道，我们的人生，"就像手心里攥着一块偷来的冰"，"灵魂陷入无辜的震荡"。他的诗有一种凛然而神秘的力量，给我带来了巨大的心理创伤。

姚强会画、善饮，但我真不知道他还这么能写。"我从自己的情感中走出来，眼睛在怀斯的一件件作品前睁大：怀斯将那僵硬的躯体与深藏不露的、平静的面孔和一道凝固的光线恰如其分地糅合在一起的时候，使你渐渐地感受到一种不可解说，又不可解脱的情绪——当绘画形式隐匿于灵魂的时候，也就从精神上真正裸露了它。"

我用手机听谭晶唱《九儿》，庾一宁跑过来凑热闹。听完，我说谈下感想吧。她说："这个歌很有劲儿，我看到星星和月亮照亮夜空，一颗种子一下子长成了参天大树，还看到大海卷起了巨浪。力量就是新生，电视上说，有死亡就有新生。"我问：你这都在哪儿听的？她说：我自己想的，有些是在电视里面看到的。我说：哦，看电视也可以学知识。她说：那我可以看会儿电视吗？我甩了她一眼。她哈哈一笑说：你做梦娶媳妇吧！

梅果问，回忆过去是真的老了吗？我说，那倒不一定，但是至少说明你身边的新朋友乏善可陈。

大峰叫黄旭峰，踢球写诗拍电影，《大三儿》快要上映的时候，我们在宋庄喝酒，他喝大了，搂着我的肩膀：哥，我那年对你吹过的牛就要实现了。那年我们在国贸的露台酒吧上聊天，他一直在说电影。五年了，他一言不发地走过那么多黑夜与黎明，我们只是远远地望着他，连一句安慰的话都无从说起。他在《寒冬夜行人》中写道：当雪粒开始敲打书本／这暗示一种结局／你保持着无法表达的姿势／奔走，面目模糊／像一团没有重量的冷空气／／冬天就这样来临／裹着灰蒙蒙的天气／和令人束手无策的夜晚／你总遇不见另一个人／即使你流泪，醉酒，跌倒。

有一种泪下，叫做《红色的渐忘》，电影《闯入者》片尾曲，简洁，锋利，哀而不伤却痛彻心扉，音乐中传递的分别，恰如高山不复流水之后的万古长夜——那里有深情的绝望与绝望的深情、幻灭中的幻梦与幻梦中的幻灭。在愤怒与戏谑、感伤与苍凉、悲悯与坚韧之后，秋野的音乐进入了一种更加镇定与辽阔的境界。

杨沐说，"诗和远方"正慢慢沦为令人作呕的陈词滥调，没有实质意义的"独特"，正在迷茫更多平庸的灵魂。

社交降级。为了见证这平淡无奇且又日益匮乏的生活，我早早睡去，并且更早醒来。胡赳赳也说：2018 年成功做到了自绝于人民，息交游、拒应酬、推三阻四学会说不，从"他由"到"自由"，多出来的时间，欢天喜地，多谢诸位担待，回向祝福。

王波引用同事的话说，很多同行哀叹时世不再，这固然是一种现实，但要么你就改行，要么你写得更好。新闻行业最可笑的地方在于遭受挫折的时候，总是自怨自艾、自我贬损。

威尔焦说，看到三个日文词：散策、昼食、宿泊。意趣十足，白话翻译：自由活动，白天吃饭，晚上睡觉。"策"原指古代马鞭，散策即有信马由缰的味道。"泊"有水，有停船靠岸之意。散策、昼食、宿泊，短短六个字，人、马、舟、车俱现，凝练且符合旅行意境。叹服。

有心气儿的时候没底气，有底气的时候没心气儿。徐文兵回我：心肾不交。落井下石和锦上添花真的都不是什么好习惯。

昨晚，洪爷、赳赳、世存一众人等，啸聚尚扬老师工作室，洪峰发微信：这是开心而愉快的一天。我意气难平，反问洪峰：你们哪一天是开心而不愉快或者愉快而不开心的？然后，他就发了几张图来气我。我无言以对，只得睡了。是的，夜和睡眠让我们一次次获得解脱。

"年轻人，你的职责是平整土地，而非焦虑时光。你做三四月的事，在八九月自有答案。"网上查，这句话是世存的，但嫂夫人余玲说这句话不是他的。我说，这没有办法，这句话也许不是他说的，但是他说了这句话才管用。

一晃就到了中年，快乐很模糊。我和老雷常常去看电影，一个影吧，点映，我只看战争片，退而其次是警匪片。老雷总是举着手机，短信，电话，进进出出，一脸严肃，事情重大，当然，更多的时候他在睡觉。

网上有一张著名的照片：地上趴满了大爷，树上开满了大妈。周玉洁感慨地说，这幅经典作品的创作过程充满了艰辛啊，P图与摆拍，传播与二次创作等艺术云手法，彰显叹为观止的群众艺术魅力。最后，她又补了一脚：艺术源于生活，服！

⸺⸺⸺⸺⸺⸺⸺⸺⸺⸺⸺⸺⸺⸺⸺⸺

立夏那天，赵向前的想象书店公号说：立夏之时，情宜开怀，安闲自乐，故今日宜读诗。向前兄的独立书店在全国名气很大，可惜居无定所，这几年已经换了两个地方。租，没有合适的地方；买吧，书店哪里算是纯粹的生意呢，左右为难。西晋的时候，左思作《三都赋》，人们争相传抄，以至洛阳纸贵。遗憾的是，如今洛阳纸贱房贵，近郊一平也要两三万。

向前虽则心情不佳，但对未来却不抱悲观，他推荐的是法国诗人让·尼古拉·阿蒂尔·兰波的《夏天蓝色的傍晚》——

什么也不说，什么也不想

无尽的爱却永入我的灵魂

我将远去，到很远的地方

就像波西米亚人

顺从自然——快乐得如同身边有位女郎

冯广博在广州喝茶种菜跑步，他在公号"菜农笔记"中说，越跑越慢是一种生活态度，为他几乎不能完成的全马辩护。他说，跑步的人常常被不跑的人鄙视质疑，但跑者从来不会鄙视跑得慢的人，他们互相欣赏，他们知道快慢不重要，重要的是跑本身。我觉得，跑马的之所以认为快慢不重要，主要是为了方便灵魂的飘荡。

广博父亲早逝，他的新书《菜农笔记》里有《父兄传说》，说的是大哥冯广阔含辛茹苦带着他谋生求学的故事。大哥应该是浪漫的，但生活弯曲了他的航向。他喜欢水仙，在那样的艰难中，也有这一种花朵与爱意，在这个沉默坚强的男人心底，深情怒放。

那年春节去竹溪，入住宾馆已经很晚，一大早起来，大哥竟然在宾馆大堂等我回家吃饭。广博前一天晚上从广州打电话告诉大哥我在竹溪，天不亮，他就骑着一辆摩托车一家一家宾馆找过来。见到大哥那一瞬，我怔怔地看着他，半天说不出话来。

三生缘编海业东西两公妹靖志六同
事业鸿基今奠定荣华富贵日创
中個郎早岁盛才华彩笔群推是
大家若向牡蠹调粉黛画眉润浸漫
轻夸红能捆出態娇妍璧合珠联翰並
肩福慧人间君占畫贺鸾俦到撒神
饗书畫棋琴诗酒茶當车件之不離
池如今七事都更變柴米油盐酱醋茶
壬寅正月十七於辟暑山莊續穋 汀憩

杜兴的纪录片《宵夜江湖》以宵夜美食为切口，记录中国夜市生活图景，讲述市井传奇故事。他们辗转八个大城市，完成了对中国夜市人群的文化记录。与《舌尖上的中国》比，我更喜欢他们呈现的一川烟雨，名字也好，《生猛的沈阳》《坦荡荡的武汉》。播武汉这一集的时候，分集导演写道：只有放松才能看到真实的自己，宵夜就是认怂，就是不想做白天的自己。

王波上午发了一条微信：脑子里忽然蹦出小时候的画面。村里的狗经常互相咬架或群咬，一地血毛，狂吠哀叫，整个村庄不得安宁，直到惊动了主人，不由分说一顿棒打，四散而去，各自躲在无人的角落，眼神无辜而呆滞地舔着秃毛的皮肉或流血的伤口。我估计他的晨会刚结束，问：贵司是这种调调？他回：有感于目前的热搜。

上一年级的时候，庾尔思用"家"造句：花朵是蜜蜂的家。父亲节的时候，她藏在书房给我写信：我们不经常说"对不起"，也不常把"爱"挂在嘴边，但我们心里明白就好，我们在一起有过矛盾，但它绝对没有我们一起经历的快乐多。孩子在叛逆期，我也没有经验，心里苦。

小芳的杂志停办了，好在我保留了几期。闲来无事，随手抽出一本，2013年12月刊，看到巫昂的专栏，《嘿，老友》："外面的雨啊，东下下西下下，很催眠，很细节，很温柔。但愿明早第一餐，吃的还是老友粉，老友啊，我需要常常见你，才能够老得比较热力四射些。"巫昂湿漉漉的文字加上小芳软玉温香的卷首语，弄得我一时无所适从。

《赳赳答问》再次敲黑板，新一期的问题是《学新闻专业以后还有出路吗》，二十条。佩服，不上班的人就是充满智慧，比如：只为三斗米折腰。

建群，扫码加入，来了几个微商，踢了。

大军：干吗踢呀？说不定能发财呢。

我：穷成这样了？

大军：无从说起发财群，多有诗意呀。

威尔焦：可以再搞个专门发广告的群，叫无从赚起。

梅果：有个跨界高管群就是这样的，五百人大群，红包不能低于五百，群名还可以冠名，冠名费一天五万。

黄旭峰、佟晟嘉的纪录片大电影《大三儿》荣获第九届北京国际电影节纪录片单元评委会最佳作品奖。那一年，朋友想拍一部纪录片，我找大峰和小佟，谁知干到半道儿项目出了变故，成了羊拉屎工程，害苦了兄弟。趁他们今儿高兴，我表达个歉意。《大三儿》拿大奖，必须以吃鼓励，起赳一票人等直接去了烤肉季。那个地方，似乎是在汗蒸房里吃烧烤。城会玩，他们光着膀子狂啃羊蛋，给我一种人肉烧包的感觉——那架势跟烤自己肉吃一样，十分有劲。

想起建军，翻出以前的一篇文章看，做了个记号：内容获客、人群筛选、场景消费，高感性人群、代入感故事。这是当年风投资本评价他的项目的话。建军回我：骗人的。

我在宋庄的若谷楼住了很多遍，坐在歪把子下面晒太阳喝茶，结识各路英雄好汉，并与元宝和 tiger 厮混相熟。我种了花花草草，放在窗台里、书案上、

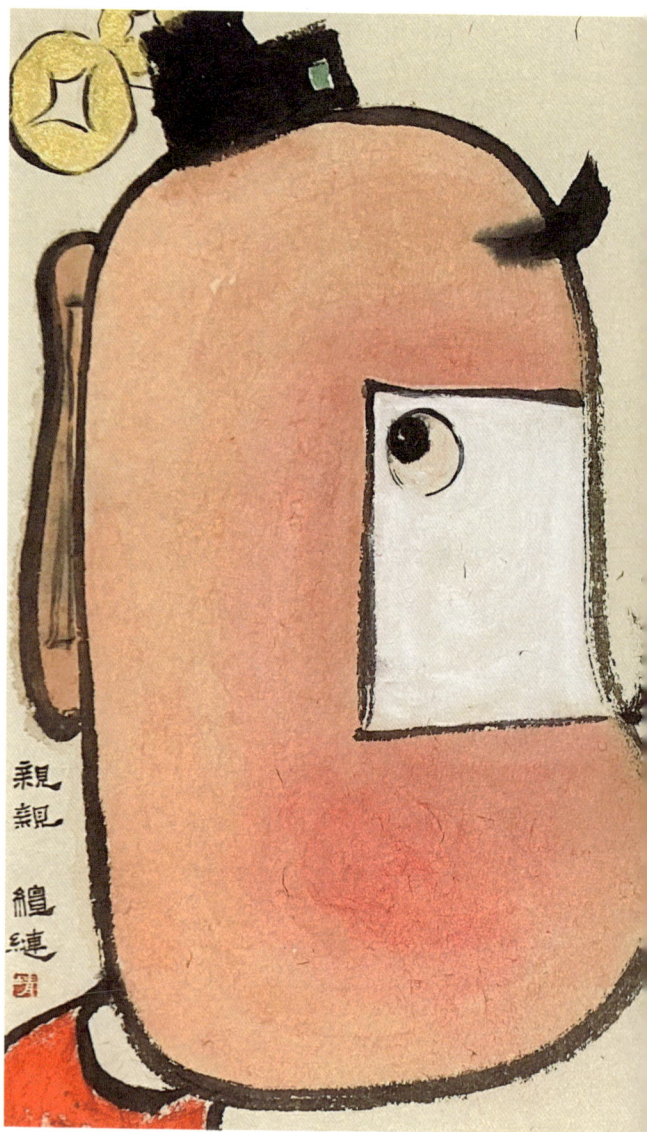

親親

檀緣筆

亲亲 • 纸本水墨 • 2019 年 • 横 50cm × 竖 45cm

窗榥下。我应该尽早再去一趟，要不我开的菜地就要荒芜，花草也会凋零。我还在想，洪爷还有没有继续练功，超哥戒烟有没有成功，秋哥最近是不是在戒酒，赳赳多久没吃水果了。全是事儿，伤脑筋。

洪峰回复说："地还在，只是半荒；花花草草已枯死过半；健身停了三个半月，长了十斤；超哥戒烟和你一样以失败告终；秋哥在忙啥暂不清楚；赳赳酒量见长，水果一般杨沐会买给他，我们也一并吃些。你再不过来看看，会更伤脑筋。"

ooooooooooooooooooooooooooooooooooooooooooooooooooooooooo

龚雪最近迷上了夜跑，每晚八公里。我开始奇怪她为什么每次都戴着口罩，后来恍然大悟：杨絮。北京那么多杨树，过敏的人真的是难过，不知道秋哥的哮喘有没有发作。龚雪说，感谢生活，这么些年，让我知道了防晒口罩、防霾口罩、防花粉口罩，还有防杨絮口罩。她的朋友更无奈：一年了，都不知道对门邻居的样子，总是戴着口罩和帽子，只知道她身材很好。

李洪领说，据说日本人有一颗只要你不影响别人随便怎么变态的包容心，和不管自己如何变态都不会影响别人的责任感；而中国人有一颗只要你和别人不一样就必须指导你的爱心，和不管自己多么平庸都要教导他人的责任感。

这是一年之中最长的白天，现在风暴即将来临，大风弯向久病难愈的人群。女儿独坐在窗前，云层继续压下来又浮上去，光阴似箭，明灭之间，仿佛余生的箴言。

王波参加女儿幼儿园运动会，今天转发盛会时傲娇呆萌：老父亲我拔河也是拼尽全力了，胳膊腿儿今天都还在酸痛。我笑他：互联网残疾。他不服：我好歹是得了亚军的人好吧！我更瞧不起他了：亚军算什么呢，我们当年在幼儿园拔河，冠亚巅峰对决时，双方宁死不屈，直接把绳子拔断，震撼全场，园方被迫宣布并列冠军。亚军，绝对不能忍。

虽然个子矮 高高举起爱　◆　纸本水墨　◆　2019 年　◆　横 50cm × 竖 45cm

看《复联4》睡着了。这片子前面有几十部前戏吧？一会儿一个似曾相识，台词量又大，脑回路不够，脑容量也不够。我的梦境断断续续，不断被战斗的巨大声响掀翻。哥儿说，走吧？我茫然地看看四周兴奋的人群，说，再忍会儿吧，片子里面都是人家偶像，中途退场会不会显得我们没有教养？网上有新闻说，一个姑娘看这部片子哭到脱碳，昏暗的影院里有年轻人一望无际的心事，叨扰人家，万一他们骂我们怎么办。

潇潇说，也许每个人心中都会有那样一个盖世英雄的存在，看完这部电影，心里有许多不舍，毕竟以后再也看不到这些漫威英雄齐聚一堂的场面了。杜玉成说，我童年的盖世英雄是孙悟空，读书时是周恩来，长大后心中反而没有了。潇潇说，这就是时间带给我们的困惑吧。

陈涛说，记得原来紫川很火的时候，一群文学疯子打算构筑一个完美的异世界，因此有了《九州缥缈录》《牧云记》《云之彼岸》……然后，就没有然后了，漫威最起码完成了一个数十年的动画构架。

王玮说，紫川牛。九州之后没了然后，是因为房价，当年买房不贵，年轻人压力不大，还有余力去体会错综复杂的爱恨情仇。后来房价贵了，大家在急中国里996，所以起点爽文干死了网络小说，漫威欢乐英雄干死了沉闷的蝙蝠侠和超人。现实太压抑，若再选一个虚构世界过活，深度什么的一边凉快去吧。

丁塁是工科博士，他说：我喜欢漫威的超级英雄，是从他们身上，看到了我自己。他们都有喜怒哀乐，都有弱点，都会为情所困，都热爱自己的亲人，也关心他人的命运。他们不断跌倒又不断站起来，相信自己能够战胜困难走向未来，他们在电影里的悲欢离合，我感同身受，这让我想起自己三十多年的人生。

小说《权力的游戏》作者乔治·马丁说过，读书可以经历一千种人生，不读书的人只能活一次。其实，读书、看电影、听音乐、看画展，都是阅人阅世的途径，人们在内心应物现形，对自我的精神世界进行审视与观照。丁塁勤勉、质朴、乐观、自律，他说，没有谁一出生就是超级英雄，谁都不是完美的人，我们只有不断战胜自己，才能走向未来。

稿荒，毛培斌火线支援，发来一组五篇，一万字，看了一上午。与老毛比，我诚乃庸众，他说，我与生活互为架空，我们都是亡魂的拷贝。他说，山高人为峰，无非暂时高旷。老毛的文集叫《我心虚拟》，我们觉得不如叫《我心虚》。他结庐石鼓是道法自然，《淮南子》说：圣人之学也，欲以返性于初，而游心于虚也；达人之学也，欲以通性于辽廓，而觉于寂漠也。

伯乐清明，破故纸丝节灯芯；西施素馨，软香玉团球火绒。这什么意思，怎么断句？主持人杨兵在微信朋友圈里惊慌失措。伯乐树、清明菊、破故纸、丝节灯芯、西施舌、素馨、软香玉、团球火绒，都是中药材。中药入联，高；如果这副对联挂在老夫少妻的新房，更高。

华裔美国人建筑设计师柯卫是赳赳不称职的英文老师以及赳赳杰出的中文弟子，他登上了业界著名的《城市／环境／设计》专号。柯卫说，"设计乃时间之境"，这是形而上；他在亚洲取得了巨大的成功，这是形而下。我意外的是，他在浙江丽水的遂昌做了一个乡村振兴项目，秘境茶村，还造了一间茶室，名曰"寒碜"。赳赳写道：闭上门与寒山相遇，在寒山的精神之巅，有一块顽石叫寒碜，日日以茶水浇灌，以生死的忧伤洗面，没错，这是息心兵之所。

冯广博说，研究表明自恋可以缓解疲劳。我说，我的研究表明，疲劳也可以缓解自恋。广博早年喜欢的姑娘看到，说：精辟！深有同感。

茫茫人海，我们把酒言欢，一起歌唱或者流泪，但终将人去楼空。乔斯坦·贾德在《苏菲的世界》里写道："我们来到这个美好的世界里，彼此相逢，彼此问候，并结伴同游一段短暂的时间。然后我们就失去了对方，并且莫名其妙就消失了，就像我们突然莫名其妙地来到世上一般。"贾德写的是严肃而又悲观的生命，查尔斯·兰姆写到了我们的友情："童年的朋友，就像童年的衣服，长大了就穿不上了。"如果我们相遇，每一刻都是美好，曲终人散，不必抱歉。

朋友圈看到一张图，一个武校的小沙弥在站桩，腿上压着一根棍子，涕泪纵横。我加了一天班，心情跟这个小沙弥差不多。我在微信里游荡了一小时，看人间喜忧参半，内心遂有波澜不惊之感。大军即将启程去西藏转山，临行还不忘对我补刀：又到了百无聊赖的"五一国际不劳而获节"，在这个前半年最重要的放松节里，其实老庹最大的奢望就是哪儿都不去，趴着别动，白天陪娃，晚上夜深人静开始例行刷微之旅，世界很小但他的朋友圈很大。

叶蓓 2010 年出版了《远远的远》，书名是高晓松起的，这本书记录了她游历欧美的旅途见闻和她的成长故事。去年问她要，她在家一通翻，找出最后三本，签了名，我留一本，另两本送给了两个幸福的文艺女中年。

520，网上出来一个建议：如果你有喜欢的女生，就送她一支口红吧，至少她在亲别人的时候，你还有参与感。有好事者把这个东西转进了叶蓓后援团，我回了四个字：今日最贱。

晨起，庾一宁要去钢琴考级，内心很不平静。我问，你是班上最懒的吗？她说，不是。我问，你是班上最笨的吗？她说，不是。我问：你是班上弹得最差的吗？她怒了：你说什么？我说，那你紧张什么呢？于是释然。昨夜的雨停在昨夜，浓睡未消大暑，茜茜说，这是一场不忠诚的雨。世上无难事，只要肯放弃，追求完美真是人生痛苦的根源。

老毛说我是聪明人，我不开心，他这是一种俯瞰式的赞美。我平生"以直道事人"，应该是柳下惠。

晚上十点，夜色斑斓，大街上依旧车水马龙。出租车司机在抱怨今天的收成，收破烂的老人一脸倦容，路口的摩的司机左顾右盼，拖着大号拉杆箱的中年女子快步走过斑马线，只有那个怀抱鲜花的姑娘，昂首挺胸，一脸笑容。电台里，主持人文艺在说，这个世界不缺富有的人，不缺勤奋的人，缺少的是幸福的人。

2019年国庆长假的倒数第二天晚上，雨依旧下得杂乱无章，雨落在香樟树的叶子上，又落在地上，地上水洼一片，倒映斑斓的人世，不圆满，也不破碎。

他骑自行车去接补习班的孩子，他们商量好了的，还拉了钩。路上行人稀少，适合疾驶，可惜城市已是自行车的死敌，需要时刻警惕人仰马翻。冷风灌进衣领，他想起少年时的火盆，以及祖父铁匠炉里面熊熊的大火。

补习班的巷道中，女司机在停车，女司机蹭了车，女司机指着男司机的鼻子在骂，湿漉漉的空气滞胀又陌生。女儿从教室走下来，喊了一声爸爸，然后看到了自行车，眉开眼笑，昏暗的路灯下露出了小白牙。

颈椎病发了，治疗结束，开车回家换了自行车，不早不晚，时间刚刚好。回去的路有两段长长的上坡，他调到最低挡在前面骑，累得气喘吁吁，女儿在后面跑，手里拿着五毛钱一包的脆皮虾。

终于上了平路，他扛着车穿过地下过街道，进入了那段熟悉的旅程。女儿骑，他在后面跑，在开阔地，女儿就一遍遍绕圈，担心她的老父亲跟不上。

又过了十三年，他退休了，还是这段路，也还是这个雨天，他一个人不知从哪里往家走。他再次想起了这个夜晚。

省己

三省乎

我在夜晚不准确地睡去，又在清晨不准确地醒来，在每一个不确定的人世，我们都有温柔倔强的悲欢。

夜的归宿是夜，梦的归宿是梦。人生如寄，你的归宿是你自己。

每个人都应该努力活成自己的故乡。

至少我还有回得去的故乡。一栋小楼，四分菜地，大江奔流，春秋无事。

一曲《去者》别经年。夙愿扁舟寒江钓，风掠须发白。

空山新雨后，知足常乐的晚晴，在净土庵的秋天花开花落。

岁月饱满，风霜正好。

～～～～～～～～～～～～～～～～～～～

植物还在野蛮生长，动物们早已陷入假寐，而我赤手空拳，安睡于正午的艳阳。

～～～～～～～～～～～～～～～～～～～

我的口腔溃疡并不来自牙周，有限的黄昏，刚刚失去的黎明，以及不确实的梦境，年久失修的每一寸光阴，局部的痛排山倒海。

～～～～～～～～～～～～～～～～～～～

今日处暑，炎暑终结，寒意渐浓，燥与乏不期而遇，此一节气，况味深沉。

～～～～～～～～～～～～～～～～～～～

诗人关晶晶说，我们因双目失明而仍将观看。"一个人喝茶，望天，翻拣旧物／一个人打量无常／并与路上的人道别／银杏黄枫叶红／桂香散尽，又该启程了／明天窗外应是西岭的千秋雪／应是，一个人的知冷与寂静"。

～～～～～～～～～～～～～～～～～～～

我有山水盛开于明月清风，山高水长的人，笑容可掬。

雷阵雨淋湿了暮光，但敲不响我体内的钟声。往事的风从夏季的山岗吹过来，万家灯火背后的流水落花，欢愉或悲伤，寂静生长。

～～～～～～～～～～～～～～～～～～～～～～～

新翻的土地冒着热气，沿着朝阳的方向蜿蜒进入村庄的深处，一百亩的荷花在充满想象力的清晨，野蛮开放。

～～～～～～～～～～～～～～～～～～～～～～～

房东今日自新疆返村过年，租房合约提前到期，搬至村部寄居。什么都好，就是上厕所不方便，等跑到院子那头的厕所，已经冻到尿萎缩。

～～～～～～～～～～～～～～～～～～～～～～～

金牛山上有一个古寨，原来有一座庙，"破四旧"时毁掉了。修建山体公园，决定复建一个石头古寨，但进展很慢。木心在《从前慢》里说，"从前的日色变得慢。车、马、邮件都慢。一生只够爱一个人。"是啊，在慢的乡村，快恰是它最大的敌人。

～～～～～～～～～～～～～～～～～～～～～～～

停电了，手机照亮寒风，我用火炉想念你们。手机也要停电了，马匹鱼贯而去。夜晚的灰烬层峦叠嶂，像极了我们漫无目的的命运的村庄。

教培 ◆ 纸本水墨 ▪ 2022 年 ▪ 横 76cm × 竖 36cm

天寒地冻，村标继续施工，工人在雨雪风霜中战天斗地。街心公园，从河北请来的砌匠把石头做成了艺术品，本乡不少砌匠，干半天自己就走了——砌得不好必须扒掉，似乎伤了人家的自尊。其实他们坚持一周就能掌握一门新的手艺，遗憾他们受不了这个委屈，他们说："当了一辈子砌匠，我还不知道咋砌？"

～～～～～～～～～～～～～～～～～～～～～～

　　花朵不睡觉，在夜晚，它们承受对自我的赞美。

～～～～～～～～～～～～～～～～～～～～～～

　　走在三十年前的土地上，你是一个货真价实的陌生人，循着每一丝踪迹，努力回忆乡邻的名字，但事实上你既难以完全融入，也不会被它全部接纳。这时候你会发现，时间是明确无误的距离，而空间对于某种秩序来说微不足道。这是一种漂浮不定的状态，你感到恍惚，身边之物变得不确定，时间和空间在过去与此刻之间快速切换。你当然不是一个客人，也不是所谓游子，倒像是街坊四邻一个素无往来的远方亲戚。

汛期，大江奔流不息，却也泥沙俱下，像极了我们躁动轻狂的青春时代。现在到了深秋，它已失去波澜，陷入平静，记忆中一望无际的沙滩，连同童年的欢乐都已没入江底，唯余一波汪洋独步云天。

从前在城里，看到很多农民工指甲很脏，以为是不爱干净，现在知道，他们的指甲缝里，不是污垢，而是泥土，若要彻底洗净，需要长时间浸泡，或用牙刷刷洗。我驻村扶贫，每天卷着裤管在泥泞的藕田和工地上跑，就像我两个在城里辛苦谋食的舅舅，他们每天在工地上与砂浆为伍，不卷起裤筒，就会拖泥带水。在乡下生活久了，一些习惯就成了标签，城里人确实可以据此识别乡人。我没有多大的奢望，只是希望每一个你，在遇到我舅舅们的时候，对他们无法洗净的人生多一点视而不见，并因此使自己不再心生芥蒂。

停电。黑色的光芒从四面八方呼啸而至，乡村陷入了巨大且毫无意义的缄默。

有一种美，叫做懒得废话，它简洁粗暴而能遗世独立；有一种彪悍，叫做藕之坚强，它能穿透钢筋水泥怒放沟渠。

～～～～

街心花园建成了。种上草，铺上鹅卵石，洒上大片光阴。莫道今年春将尽，明年春色倍还人。

～～～～

这个春天以及春天固有的爱与期待，排山倒海，而时光之我静止于悬崖。

～～～～

冬日乡村各种烤火局。晚上在建筑队烤火，顺便混了一顿饭。绕村两周，充任联防队员，然后睡觉。有朋友转帖说，女人每天睡眠不足七小时的，乳腺癌发生率高出 46%。

～～～～

我想有一池碧水 / 开在自家庭院 / 夏天湍急，冬季干涸 / 门扉轻开，春去秋来。

～～～～

领导来村里视察，说，这个村的年轻人都回来了，这是最大的财富和希望。我说，年轻人回来的时候，还带回来二十多个媳妇，北京、南昌、乌鲁木齐、保定、呼和浩特，都是大地方的。他说，这个厉害！

傍晚，雨落下来，如注。随后风声响起。现在，清脆的寒气大面积压过来。兄弟下午从县城送来几件军大衣，工作队人手一件，对峙明日的雨雪。

～～～～～～～～～～～～～～～～～～～～

收了十来斤土花生，晾至全干，微波炉四分钟，胜过一切甜言蜜语。

～～～～～～～～～～～～～～～～～～～～

南宋张孝祥的词好："问讯湖边春色，重来又是三年。东风吹我过湖船，杨柳丝丝拂面。世路如今已惯，此心到处悠然。寒光亭下水如天，飞起沙鸥一片。"赳赳说，这首词的词眼在"吹"字，我说，这首词的词眼在我心里。

～～～～～～～～～～～～～～～～～～～～

在老郭店里下棋，停电，卷闸门升不起来了，四人皆成瓮中之鳖。打电话问乡里，说是别处下雪压断了电线，正在抢修，时间不确定。卷闸门的手动升降器在外面，但是半年前就绞断了。村书记有个发电机，不幸被邻村借了去。黔驴技穷。我们安静下来，反倒有些兴奋，就像当年在学校上自习遇到停电一样。我们用手机照明，继续战斗。夜深了，手机也快停电了，接着寒气逼上来，扛不住了。我们在黑暗中你一言我一语，开始只是研究如何尿尿的问题，后来决定卸掉窗户出去。挣扎着爬上去，却发现防盗网被巨大的膨胀螺丝牢牢固定在墙上。

～～～～～～～～～～～～～～～～

河边上长了一棵拐角树，霜打之后是美味。小时候无甚吃物，和柿子一样，是我们秋冬的当家水果。拐角树，又名拐枣树，它有一个好听的学名枳椇，还有一个更精辟的名字，纠结子。纠结子，是说那些灵魂与肉体正在殊死搏斗的男人吗？拐角不孤单，它跨越种群，拥有众多人型同类物。徐文兵告诉我：这个解酒。可惜我戒酒好多年了。

～～～～～～～～～～～～～～～～

能见度低，大雾橙色预警，像极了重度感冒中的人生并发症。

～～～～～～～～～～～～～～～～

天冷了，扯出初夏束之高阁的棉被，连日阴雨，未及晾晒，有一种淡而远的尘灰味儿伸过来。夏天其实也没那么远，村里城里两边倒腾，日子不紧不慢往前走，白天的头颅一晃就近了夜的肩膀。大泥河的水声还是旧日情状，但寂了蛙声蝉鸣。赛亚·伯林说，不要有太多的热忱。

香葱、蒜苗、菠菜、芹菜、白菜、萝卜、黄心菜倔强生长，老夏家的苞谷酒已经露出朴拙的香味儿。

～～～～～～～～～～～～～～～～～～～～～～～

村里没什么乐子，好不容易进趟城，出发前决定看个电影。《湄公河行动》，打仗的，好。网上订了票赶过来，排队，检票，检票员接过去，一咧嘴：预售票！你这还早，30号才上映。我去，这不欺负人嘛，没上映卖什么票啊。城里套路深，我要回农村。

～～～～～～～～～～～～～～～～～～～～～～～

一个人待着不好吗？桂花目睹了自己的花开，柳树垂下了辽阔的秋天。

～～～～～～～～～～～～～～～～～～～～～～～

每周去村里，母亲都要给我准备一些菜，就像我少年时在学校寄宿时那样。酸菜、腌辣椒、蒸肉，都是适宜长时间存放的东西。自己开伙，难免倦怠，即便种了菜，有时一大早起来烟熏火燎仍是不堪忍受。

～～～～～～～～～～～～～～～～～～～～～～～

下午翻了一会儿地，种些萝卜白菜芹菜紫菜，排些香葱蒜苗，准备过冬。连年干旱，田地里尘土飞扬。晚芝麻早玉米还好，只是可惜了春天的油菜，如今的早芝麻和晚玉米。

甜咸苦辣酸和蜜拌風乡獨解其中味時時無笑嚼

深一脚淺一脚沿街乞討窶也好窶也好慢咽細嚼馬戲

腌杞戲笑嫌戲醜陋貌戲倒要問世上人間有多高

錢有多少哪個不乞誰個不討蓬頭垢面屨滿拄

杖街婆兒市間祇為寒磣途淨眼無人喚戲作神僊

濟公乞食圖

歲在壬寅正月初七避暑山莊汀鶴

再坚持一小时，驻村满六个月。今夜已届秋凉，无须辗转，即可成眠。

今年夏季，热得令人发指。我租住乡下，房间全天光照，没有空调，堪称冬病夏治的典范，也是人定胜天的壮举。同学来看我，坐了十分钟，感觉憋气，走的时候说：你们真是不容易。我说，我也很佩服我自己。

酷暑静止了这个夜晚，星空之上阳光炙烈，像极了每一个不忠诚的赞美者。

潘能军在《乡村漂浮》中说，乡村的夜晚是纯净的，连黑暗都是完整的。《乡村漂浮》是一部四万字的小说，写的是 20 世纪 90 年代的"社教"，老潘听说我驻村扶贫，发来这个东西对我进行共情教育。

收获了今年第一枚西瓜，小品种，十五公分左右，很意外，竟是黄瓤，可能是黑绷筋，就叫黄小水吧。

蔡庸福尘肺三期，最近情况很不好，朋友转给我五千元，让我替她去看看老蔡。从照片上看，老蔡出现了水肿，这是严重的并发症。他的母亲有一些智力障碍，老蔡没有成家。很难过，找不到一句话，能够原谅自己也原谅生活。

　　下了一天雨，夜幕降临，暑气退潮，远山肃穆，乡村归于寂寥。雨落在雨篷上，雨打芭蕉，点点滴滴都是心事。

　　在我们村里从事松石加工的多是河南南阳镇平人，全乡有二百余人，很能吃苦。住在我楼下的小谢三十来岁，两口子带一个孩子，租了一间车库，工作吃住都在里面，每天起早贪黑。南阳是独山玉产地，镇平石佛寺有全国最大的玉器市场。今年生意不好，雕工的价格降了一多半，生计不易。我们淘宝村应该感谢这些背井离乡的年轻人。

　　这是今年最扎实的一场雨，河水欢实，补种了晚豇豆。

心不偏

◆ 纸本水墨 ● 2019 年 ■ 横 50cm × 竖 45cm

世人說我瘋我也聰明慷慨
一不喫齋二不受戒齋什麼齋戒
逢酒飲幾杯逢肉吃幾塊受人恩需報人恩欠人債還人債祇要
心不偏何須燒香把佛拜

乙亥五月初十於慈雲遠蔭下杏仁堂

组织一家医院到村里来义诊，雨大，但村部热闹非凡，诊疗两百余人，发放药品八万元。走的时候，带队的医生跟我说，高血压、冠心病、糖尿病患者比十年前在乡下巡诊时多多了，可能与高油高盐有关。后来看到一篇文章说，现在条件好了，没有饿死的人，只有吃死的人。

———

扛不住了，必须裸个泳，佯装月黑风高。

———

闷热，湿度很大，一场巨大的降水似乎正在迫近。洗了三次凉水澡，不能再冲了，在有态度的乡村之夜，我不能向生活的热度投降。

———

一只弃狗。主人去了县城，不愿再养，把它从村里带到五公里外的镇上送人，一个月后它竟兀自返回了旧地。只吃肉，尤好火腿，喂了几次饭，大义凛然。现在它狂吠不止，或许饿了，或许愤怒于人世的恩断义绝。

———

春种秋收里面其实毫无浪漫。

连续抗旱一周，小我略有蓬勃。中午，雨落下来，困意随之落下来，一切仿佛还有希望。楼下依旧人声鼎沸，厨房升起人间烟火。

～～～～～～～～～～～～～～～～～～～～～

摘了十几斤豇豆，左邻右舍分送了一些，剩下的一锅烩，做了蒸面，获得巨大成功。西瓜也即将小规模开放。

～～～～～～～～～～～～～～～～～～～～～

易贡藏刀与拉孜藏刀一起，并称藏地双雄。现在它远在距拉萨七百公里的地方，近在李初初的鼻息之下。

～～～～～～～～～～～～～～～～～～～～～

兵荒马乱的人生不值一过，尘土飞扬的日子一文不值。

～～～～～～～～～～～～～～～～～～～～～

老农我在乡下，朋友觉得晚景凄凉，从大连寄了两瓶东西以资慰问。东西收到了，很厉害的样子，只是上面的字我一个都不认识，无法消受。我发到微信，有人说是法文，有人说是俄文，有人说是花露水，有人说是壮阳药。壮着胆子打电话过去一问：俄罗斯蜂蜜。

煮饺子，到底是敞锅煮馅、盖锅煮皮，还是盖锅煮馅、敞锅煮皮？在线等。

～～～～～～～～～～～～～～～～～～～～～

经过乡亲们汗牛充栋的再教育，有了今年第一拨收成：莴笋。粮地肥力不足，看起来有些弱不禁风。但它纯洁本真，不似我等已侵百毒。西红柿黄瓜辣椒豇豆四季豆风姿各具。地边点了三行花生，有期待在心底萌发。去冬低温，今春久旱，小麦油菜失了往日风范。

～～～～～～～～～～～～～～～～～～～～～

蛙声。不是一片，骤雨暴风盖地铺天。它们碾压，无拘无碍。枯燥的河流在这个春天负债累累，黑夜辽阔，人间斑驳。

～～～～～～～～～～～～～～～～～～～～～

辣椒挂果，豇豆四季豆满园，莴笋苍翠。丝瓜是路边货，已经尽力了。西红柿后发优势明显。黄瓜来势凶猛，香葱完全是为所欲为。这是充满希望的田野，只要你挑得了大粪扛得住暴晒，有呵护女人一般的耐力。

天快黑了，七组的贫困户老王过来说点事。到了吃饭的点儿，我炒了几个菜，留他喝点酒。我不喝酒，负责倒酒，聊舒服了，有些兴奋，他说到养羊，说到一日三餐的奔波忙碌，六十岁的他突然大手一挥，眼神直取我的面门："做活做活，你晓得是啥意思不？玩死玩死，你晓得是啥意思不？"我愣住了。他的手猛地往下一劈："做活做活，做事才能活。玩死玩死，玩就是死路一条。我不怕吃苦啊！"我被他震住了。

～～～～～～～～～～～～～～～～～～～～～～～～～～

　　秧架搭好，豇豆、四季豆一夜之间爬上了架子。老人们讲，藤蔓植物长有眼睛，都能找到自己应该去的地方。

～～～～～～～～～～～～～～～～～～～～～～～～～～

　　虽然我没有诗与远方，但我还有晨钟与暮鼓。

～～～～～～～～～～～～～～～～～～～～～～～～～～

　　墙脚下的河流大面积叫春，蛙声此起彼伏，暗夜高高低低。难以忍受情趣的不是内心，停电的乡村仿佛失眠的老汉，沉默也不能让往昔再次抵达你如此这般的窗前。

山色空蒙雨疏狂，微草虚荣油花黄。偷得一日闲读书，莫与春色论短长。

清晨，麻雀们在枝头热烈交谈，油菜在田地倔强生长，小泥河依旧漫不经心地流淌，李初初在拉萨刚刚入睡，广州的冯广博开始了菜农笔记，苏瓷瓷正在凶猛搏斗不存在的肥胖。万物相连，又各自为阵，这是奇妙的时刻，有一种叫做生活的东西，在人世间不期而遇。

我说，清炒西红柿是我拿手好菜。高原问，不会中毒吗？我说，一定要炒熟——熟而不烂，难度就在这儿。

李初初说，我回老家说绿松石珠子唐时称瑟瑟珠，他们不理我。我说瑟瑟珠指的就是绿松石珠子那种蓝蓝的绿绿的颜色，他们不理我。我说半江瑟瑟半江红，瑟瑟就是这样的色彩，他们还是不理我。瑟瑟啊瑟瑟，古时最初应该指一位姑娘。我说，没有人关心那一位姑娘，我只要你牵回你的一票新娘。

捡了个瓶子，装扮虚妄的春天。你们听不见花开，春天已经逆流成河。

武当山机场的吸烟室不错。露台、花园、直排，颠覆了"毒气室"模式，设计师也是一杆老枪吧。

徒长的吊兰一剪没，长寿花可以水养，越冬的百合历春发新，有失而复得的欢喜。常青藤仿佛旧时光的一条引线，最后到来的是乡愁。同志们说得好，让人生回酸的不是醋，而是醋意。

不要跟我谈论春雨，关于春天，你们知之甚少。在刚刚过去的人间，在野火春风合谋之前，假想的田野虚拟过往的盛宴，不存在的欢歌。

"跟着苍蝇只会找到厕所，跟着蜜蜂可以发现花朵。"节日里，各自珍重。

春雷响，万物长，今日惊蛰，乍暖还寒。连续缺觉，暴睡一天，恢复感觉，萌知四野。春天确实是到了，越冬的人畜并排走在人间。

Once　◆　纸本水墨　●　2021 年　■ 横 190cm × 竖 87cm

《雷电》：巨大的白在响 / 此刻，无关的人重又闪现 / 死去的人回到身边 // 大雨不说话 / 每一个赤手空拳的夜晚 / 都是我们不易觉察的一生。

赵向前说，当阳光渐渐移到窗前，忽然看到蝴蝶兰都已凋零，才知道春光真的不会永驻。是的，春天一晃就过了正午，该叫的春不该叫的床，确实都该幡然醒悟了。

反季节盆栽萝卜白菜大蒜。胡适说，山风吹乱了窗纸上的松痕，吹不散我心头的人影。

乡下住久了，回来很不习惯，我去掉阳台花盆里的一些花花草草，种了几洼萝卜白菜。

三十九度。午饭后拐回村里，卧室钥匙忘带了，枯坐村部。热浪掀翻了时光，四野里荒无人烟，趴在桌子上假寐，想起高考最后一天的那个中午：也是这般光景，一个少年对世界陷入了巨大的迷茫。

温柔地，把整个世界当成故土。

下午送村医小明跑了几十里去看她小爷。老人家八十岁了，白内障双目失明，儿子和孙子在外打工，儿媳糖尿病在县城住院，重孙也病了，孙媳带着也去了医院，留他一人在家，每天摸索着用电饭锅下面吃。儿媳走时炒了些菜，已经坏掉了，老人家听到小明的声音，眼泪就下来了。小明从家里过来的时候炒了一碗酸菜，舂了一罐酱豆，过来又炒了包菜、火腿，管两天，说后天再来看他。小明十四岁的时候父母前后半年相继去世，丧事办完，她带着八岁的弟弟投奔小爷住了几年。回到村里，老堤改建的游步道也完工了，真好。

~~~~~~

说什么都是废话，关键是尿白屎黄。

~~~~~~

建村标的时候，倒着钉了一根木桩在地里，灌水以后，居然发出了新枝。它可能叫臭椿，但我喜欢它这股子狠劲儿。给藕田除草的时候，老乡准备把它拔掉，我说，留下吧，它也不容易。

~~~~~~

藕田里青苔泛滥。烦。打电话问洪湖的莲藕专家，说蓝矾也就是硫酸铜可以消灭它们，明天回城拉一车。

青蛙在高谈阔论，野鱼箭一样飞逝，唯有蜻蜓，端坐荷叶之上"坐领长风，我感到一阵顽强的诗意"。

我在乡下，仰止高山。

牛在田里犁地，鸟在枝头热烈交谈，炊烟四起，太阳笔直地罩在头上，我去王树汉家蹭饭。想起大一时写的一首小诗，《渔歌写意》：晚歌唱远，点帆欲近／河流随目光收缆／渔人将疲惫晾挂滩前／／有炊烟／横过村落／舒漫为归家的呼唤。

栈道蜿蜒走向村庄深处，村标的水位已达设计高程，观光莲该下种了，要不了一个月，仙山琼阁映平湖。

村标进入收尾。今天看到威尔焦兄得一年度佳句：百忙之中，你我能否视上一频？

我们的藕种正从仙桃风尘仆仆而来。扁舟烟波，在最后的春风中泼墨山水。春岸折柳，秋塘赏荷，陌上花开，妙不可言。

《写给一只中年的猫》：现在时光开始倒流／这只中年的猫／停在门槛上盘旋张望／／悲伤涌向命定的村庄／／去年的雨水依然没有到达／正午的阳光寂静又响亮／种种不如意还会如期而至／所有的期待都将逃之夭夭／／蝴蝶飞过，花朵飞过，蝉声飞过／在那一刻，它已经放弃抵抗／细到尘埃也不会了无滞碍／真正的解药是寻找解药。

～～～～～～～～～～～～～～～～～～

村书记的夫人老蒋说，是打板子的时候了，就得脱裤子。4 月份，桃花汛，大水毁了道路农田，我在田里忙到天黑，骑车回来在泥荡里摔了一跤，回来路过老蒋家，她打了一盆热水，让我洗脸洗脚。我脸上嘻嘻哈哈，心里面泪如雨下。

～～～～～～～～～～～～～～～～～～

桃花葱花油菜花都开了，但今晨霜降是真实的。八个工地，工期吃紧，漫山遍野的春风，催得人发狂。应当定个规矩，就像俞心焦说的，不管什么花，未经批准，一律不得开放。

～～～～～～～～～～～～～～～～～～

规划与施工衔接。农村工作，应时而动，合季而行，所谓节令，排山倒海。

享現在业福如點燈隨
點則隨滅增將來业福如添油愈添
則愈久岁在壬寅龍月
於北京總繡籍 江鸛

能见度不足三分钟。春季攻势在大雾迷漫中发动。听说上津莲藕种得不错，过来问问收成。

天黑之后，乡村归于寂寥，例行转村，充任联防队。明日大雪，至此而雪盛。

咱村人才辈出，创意无极限。胶水广告：粘飞机，粘大炮，粘得火车往后倒。礤床儿广告：往前擦，往后推，娘们儿做饭不吃亏。

两场雨的间隙，在老把式的领导下，种了黄心菜油麦菜香菜菠菜。恋秋的不仅有人，还有辣椒和茄子，雨后一派蓬勃。蒜苗已经发芽，香葱异军突起。在希望的田野中，游没者不求沐浴。美中不足的是镇上的包子馍，居然以海带和洋葱填充，简直是东邪西毒。"游没者不求沐浴"语出《淮南子》，意思是：像我这种喜欢野泳的人，对太阳能热水器不怎么感兴趣。

风暴即将来临，我希望它既不贪婪也不粗暴，既不温柔也不怯懦。

~~~~~~

老王今年七十三岁，属猴，与家父同庚。他的独子早逝，儿媳改嫁，留下一个孙儿、两个孙女，老伴患有严重的风湿和糖尿病，几近卧床。

他今年养了六头猪，收了一千斤油菜籽、十二担玉米，还酿了几百斤苞谷酒。他还有杀猪的手艺，临近年关，忙得不可开交。他杀一头猪收五十元，羊二十元。别人杀猪有时会多要一吊肉或者一副猪下水，他不收。算下来，今年单是他一人劳作的收成，就要超过三万元。

早些年，看到爷爷负担太重，孙子孙女们自己订了规矩：书读到初中毕业，无论成绩好坏，一律出去打工。如今，最小的孙女已经十九岁，在十堰一家酒店当收银员，算是苦尽甘来。老王说，三个娃娃都在挣钱了，自己也还能劳动，最累的时候已经过去了，船到码头车到站，咋活都是一辈子。

尽管娃子们很孝顺，但孙辈对祖辈其实没有赡养义务。我说，你这个情况，如果劳动不了了可以按政策进福利院。老王说："我暂时不考虑。三个娃子还没成家，将来他们带对象来认家儿，总不能到养老院去吧？我得顾他们这个面子。"

夜晚清凉如水，一时竟无言以对。

大约十岁的时候，集镇上常有人走街串巷卖冰棍，烈日如焰，正是午间假寐时刻，"冰棍！卖冰棍！"……一声声摄人心魄。我没有那五分钱抑或两分钱，只能支着耳朵想象，直到这吆喝声渐行渐远。这叫卖声，在这一刻让 20 世纪 80 年代的盛夏变得愈发空旷而令人失落。

几年不喝茶了，晚上和老郭下棋喝了一口，到现在还兴奋得跟得了精神病似的。

老郭早些年下过煤矿，亲戚包了一个小矿，他帮着在矿下管事，时间长了，有了一点尘肺，我看过他在县医院拍的片子，不严重。去年夏天过后，他总说头疼，拖到今年正月，去医院一查，脑血管堵了，做了两个支架。

老郭走路松松垮垮的，脚在地上拖，费鞋。跟很多下营人一样，早前走南闯北卖松石，西藏青海北京都待过，见过大世面。去年松石行情不好，今年他不再做成品，改做原材料。下完棋出来，我问他生意怎么样，他慢吞吞地答："一年搞个一二十万屎问题，轻飘。"

假货越来越多，他听说广州那边的造假水平已经登峰造极，肉眼手感口感都顶不了用，"必须上检测仪器化验成分才能搞清水儿"。江湖险恶，深不见底。

去年夏秋酷热异常，我和老郭下河洗过几次澡，野泳，他带着一个卡车内胎做的游泳圈。有一天他突发奇想，回净土庵上的老宅砍了几棵冬竹，很粗的那种竹子，扎了一个竹筏子放在滚水坝里，准备划船去悠游一番。谁知筏子太小了，他上去两次栽下水两次，灌了一肚子水，跑回家换了两次衣服，老婆追着屁股骂。起初筏子就泊在水里，我说你不怕小孩子上去出事，他一愣，说不是屎，马上跑去拆了。

有天中午老郭独自去游泳，戴在手上的松石手串落到了水里，值六千块钱，水倒不深，两米，他潜水摸了半天，没捞到。受司马光砸缸的启示，一怒之下把一库水放得精光，水落石出，手串失而复得。水好放不好堵，老郭堵了三天排水孔也没成功，晒得黢黑。

村里正在建设荷塘月色景区，我总要跑工地，工地很分散，开车麻烦，走路又太远，老郭说，你骑我的摩托车。方便多了。村书记刘双喜每天晚上见到我总问：老郭呢？你们咋不下棋？老郭是我朋友，大我三岁，但我一看见他就想起竹筷子和手串的事，每次都要笑得肝胆俱裂。我实在控制不住自己，我这样是不是不好？

经过乡邻门前，他们喊你抓一把花生，或者泡一杯茶留你歇个脚。有时，他们拎一枝山上的枇杷，或者洗一把青菜送过来，不把你当客人，也不把你当外人。路上遇见了，寒暄几句，叫得出名字或者叫不出名字，笑吟吟地跟你点个头。驻村两年了，日子一晃就成了过去，不漫长，也不短暂，云在天上，风在林里，时光与我，不急不缓。

老李的新房已经建到二层，年前能封顶，顺利的话，明年五月应该可以搬家。

老李是我的扶贫包联户，今年六十三岁，老伴儿任大姐大他三岁，他们没有儿子。小女儿嫁在邻村，房子盖好后，他想把小女儿接回来一起住，开个农家乐。他这两年在村内务工，做砌匠，每年能有两三万的收入。

老李本来可以在易地扶贫搬迁中集中安置，不用花什么钱，但是他户籍人口只有两人，安置的时候只能分得五十平方米的房子。他想自己加钱，把房子建到一百平方米，可惜政策不允许。五十平方米，接女儿回来养老的计划就无法实现，他就想着分散安置，也就是把现在的干打垒房子扒掉，原地新建。

起初村里有担心，因为定的是集中安置。我说，女儿女婿愿意回来给老两口养老是好事，一片孝心。他们回不来，老两口劳动不了的时候，村里还要操心，早晚总

得有人担待。村书记和乡书记就愉快地同意了，答应去做工作。

五月的时候，老李的房子封顶，正在装修，两层半，楼顶外带露台，二百平方米，看起来古色古香，装修方案由北京来的驻村设计师反复斟酌确定，一座美宿喷薄欲出。村里乡里出面协调，小女儿小敏的户口也迁回来了。

工期延误了三个月。去年冬天的时候，小敏出了交通事故，一切都乱了套。我在村里的停车场工地找到老李，他正在拌砂浆，一身灰，我给他拍了拍，说：最好戴个口罩，小心尘肺病。他笑笑。下营村有绿松石矿，早些年还有国营矿场，一些乡邻在这里务工，有人得了尘肺病。

去年他在村内务工。建村标的时候，他就地取材，用河里的鹅卵石修砌拦水坝坝基和道路护坡，长沙来的师傅对他的手艺大加赞赏。今年仍沿旧制，他说，只要勤快，哪儿都能挣钱。我私下找到工程队的老板，请他们有活儿的时候尽老李先用，人品好，肯吃苦。他还养了两头猪，一黑一白，猪圈干净整洁。我去年提醒他，一户人家干不干净，在厕所猪圈，他记住了。

翻建新房、小女儿回来，老两口的两个愿望如今都已实现，老李很满足。临别，我说搬家的时候说一声，我来燎锅底儿。他说：那要不得。我说：见外啊？他答：那好！我看好日期下去接你。

下雨，农闲，到村里去看老李。

新建的房子面朝荷塘，门廊上挂了一个匾：荷塘农家。今年，老李和女婿在外务工，老伴儿带着外孙，女儿经营农家乐，安排很好。小敏说，两个人挣钱，两个人顾家，顺便忙些地里的活儿，再累几年就解放了。女婿白白净净，在杭州一家电子元器件厂打工，活儿不重，自动化，看着机床就是了，虽然时间长点，但收入稳定。

上次来是在一个月前，我在县里办旅游节，说服领导在村里办了一个荷塘音乐节，我托朋友从湖南和武汉请了两支乐队过来帮忙，人山人海，蔚为大观，负责安保的副县长老秦忙得大汗淋漓。那一天，老李的农家乐开张，中午接待了二十桌，不停翻台，我去坐了一会儿，心里美。

凤还巢　◆　纸本水墨　◆　2020 年　■　横 87cm × 竖 47cm

走的时候，嘱咐老李把庭院整理一下，稻场外沿植上一围月季，院子种上几株柿子石榴桂花，环树支上几副老石磨，方便游客茶叙，一切都按照相的标准搞，怎么好看怎么布置。老李愉快地说，马上搞。

抽空过来看老李，打了几个电话，没有接，中午回了电话，在城里河道工程上务工。他去年也在那里干过一段时间，管吃住，每天两百块工钱。我带了一些香水月季过来，跟任大姐一起种在稻场边上。

那年冬天，小敏自己骑摩托车出了事故，肩骨受伤，保险过期，为了省钱在小医院做的手术，出了问题，市里的医生建议她去北京。她说算了，认命，不治了。我把她妈妈任大姐喊到一边，我说娃子才二十八岁，以后的路还长，怎么能不治呢？你让女婿从杭州请假回来，一起去北京问清楚怎么治？多少钱？现在政策好，问清楚了我们一起想办法。

任大姐同意我的意见，我说，同意了你就要当这个家。她说，好，我跟女婿说。我们又一起跟姑娘谈，她也同意了。走的时候，我不放心，又交代了一遍：尽早啊！母女俩笑吟吟地说：明儿就打电话。

中午在他们家吃饭，饭菜不错，价钱也合适。

吃饭的时候，老洪发来短信：你要负责拉动内需啊。老洪原任乡书记，现在调去另一个镇，乡到镇，俗称裤衩改胸罩，我们在下营村并肩战斗了一年多，我很想念他。

~~~~~~~~~~~~~~~~~~~~~~~~~

离开下营村快一年了，回来办音乐节，兄弟杨沐带着乐队从湖南过来帮忙，他说，人生需要匹夫之勇。包联户老李的新房落成了，荷塘农家，今天开张，我为他感到高兴。安于平凡并不容易，疲惫中的生活梦想让人感动。

~~~~~~~~~~~~~~~~~~~~~~~~~

2010 年 10 月 31 日，小舅从四百五十公里外的郧西县观音镇天河口外迁到潜江市高石碑镇天河新村。这里安置了一千五百名来自我老家的南水北调中线二期移民，大家原属一地，彼此相熟。

小舅的房子两层一百六十平方米，后院五十平方米，自己装修，花了七万，很漂亮。他在十堰搞了十几年装修，移民后去武汉干了两三年，正赶上"满城挖"，时间都浪费在路上了，没挣到什么钱，今年村里建红白理事堂，他包了工，没出门。

潜江地处江汉平原，是江汉油田与沙洋农场所在地，路网发达，沃野千里，接收了近两万南水北调十堰二期移民。小舅所属的高石碑镇与邻镇的移民新村，安置人口近万。这些新村的名字沿用了移民老家的称谓，辨识度很高，问路的时候，一说名字，当地人可以准确指出方位。

这里以水田为主，不像老家全是旱地。但移民很少种地，仍是外出务工，与外迁前一样，村里多是老弱妇孺。也有不少人早在移民前已工作生活于十堰或县城，只是过来收了房子落了户口，人并不在，成了挂名户。

小舅家四口人六亩地，只留了二分菜地，其余租出去了，水田租金一亩七百三十元，旱田五百元。自从搬过去，他们没买过米，这里耕种收割全机械化，大家在收割季起早贪黑四处捡漏，足够口粮，当地乡邻淳朴善良，对此也不在意。

天河移民新村旁边就是引江济汉工程的出水口，临别，小舅戴着墨镜，骑着摩托带我去参观。在一座大桥上，我们停下来观景，他说下次来带你去钓鱼，大的有二三十斤。

其实小舅原本不想也可以不外迁，那时候大表弟正上大学，花费很大，移民过来能有几万块余钱。我妈总说小舅可怜，一个人住那么远，说着说着眼泪就要流下来。

四海
兄弟

人生不过一碗面

记者节那天，空气轻度污染，锅盖天。中午下班去吃面。

苍蝇馆子，店面很小，味道精致，离我住的地方也近，就在马路对面的巷子里，三分钟脚程。店主是一对小夫妻，三十来岁，刚生了二胎，还是姑娘，在门内沿儿的童车上酣然入眠。

进了门，老板冲我点点头，老板娘照例喊了一声：牛肉碱面。

放工来了几个装修工人，屋子便显出了挤，他们一人一碗面，一瓶啤酒，人声鼎沸，烟火人间的意思就蹿起来了。想起大舅和小舅，他们也是装修工人，不知道现在在哪儿吃饭，他们不喝酒，要不也能解解乏。

遇到女儿舞蹈班的一个小男孩儿，吃着硕大一碗香菇面，看上去仍是心事重重，一副少年老成的样子。

我喜欢吃面，一天三顿。为了吃面，我跑遍了这个城市的角角落落。一碗面里面，酸甜苦辣咸，五味杂陈，回味悠长。

我在这一行已经干了二十五年。才入行的时候，20世纪90年代初，在报社编副刊，家长里短，婆婆妈妈。总编总让我编，不让我写。这怎么可能呢？我当记者是为了改造社会，编副刊有个卵用。

新闻部那边的读者来信堆积如山，随便拆开一封都是人间沧桑。每个周末我就坐长途汽车去干"私活儿"。

有些人活着是为了吃饭，有些人吃饭是为了活着。在县里，在乡下，吃面随时随地，省钱省力。没有馆子，田园巷陌，小桥人家，也能便宜行事。

那时候没有网络，国内也没有几份像样的报纸，在《南方周末》上也还读不懂中国，《中国青年报》的《冰点》和《经济蓝讯》很拉风。忘记从哪儿得到一本《普利策新闻获奖作品集》，翻开看了几页就被震住了，醍醐灌顶。《北京青年报》的特稿也还行，记得他们有个燕京啤酒赞助的特稿竞赛，稿费很高。

我遇到了一个好师父，同事老杜，大学师长，少负盛名，有一次他把我从集体宿舍拎出来关在他家里，一个稿子重写了十三遍，整整三天。那是新闻理想与专业主义干柴烈火的时节，市场化媒体野火春风，摄人魂魄。后来老杜考到北京一家报社去了，现在成了资本家，娶了一个叶赫那拉氏的老婆，貌美如花，放在前清，该是格格。

临近世纪末的那几年，我进了电视台。魏文彬领导的湖南电视台旱地拔葱，"电视湘军"疾风劲草，坐领长风。城市电视台的春天终于汹涌而至，我所在的电视台也在筹备全省第一个专业频道，名字就叫生活频道，跟湖南学的。

在报社，记者是一个手工艺人，到了电视台才知道，记者不过是流水线上的一个小零件，采访、场记、写稿、配音、剪辑、合成、图像、串编、一审、修改、二审、修改、三审、修改，然后播出或者毙稿，周而复始。

我做电视评论，主要是舆论监督，早期《焦点访谈》的样子。领导刚给《焦点访谈》题了词，大家对这种节目很重视，泽被千里，连我们都有了走路带风的感觉。

我所在的栏目组没几个人，人均一周一期的播出任务，片长十二分钟，二百六十块钱的制片经费，编导、摄像、出镜记者、配音、剪辑按规定比例分配。这个钱你不挣都难，大家都在搏命，没人有工夫替你顶包。

整个频道只有一条索尼编辑线，比不上老频道的一个部门，我们戏称自己是后娘养的。三档节目，剪片子的人通宵达旦排队，不把片子赶出来过审，你开始不了下一段命运叵测的旅程。熬得扛不住，就找张纸壳子睡在剪辑室的地板上，"把女人当男人用，把男人当民工用"，当时就是这么个情况。

有面 ◆ 纸本水墨 ◆ 2019 年 ■ 横 30cm × 竖 36cm

下午姐夫打来一个电话，很激动，外甥女谈了朋友，他不知道。我说，女大当嫁，话可以说清楚，但你要端正态度。我让他把孩子们叫到一起吃个饭，看看情况再说。小伙子不错，学医，研究生马上毕业。

吃完饭回家的路上，同事喊我去唱歌：今天过节啊。

音响不好，我感冒又还在晚期，第一首歌就挂了。喊老雷过来打群架，他也不在状态，很疲惫，提前跑了。我和老雷互为固定火力增援点，从大学算起，我们一起混了快三十年，他在单位管经营，累。

老余唱了戴荃的《悟空》，"且怒且悲且狂哉，是人是鬼是妖怪……还是不安，还是忐惴，金箍当头，欲说还休……"

美女唱了《泰坦尼克号》的主题曲《真爱永恒》，挺好。我说，你把这些英语全唱出来，我就要为你打 call，但这个歌名还是应该翻译成"真爱永不沉没"，她想了想说：是的，真爱永不沉没，这个好。

港大教授熊景明说，一个人找到了感兴趣的工作，意味着他一辈子不用工作。胡赳赳说，理想不死。但是现在很多人其实三十岁就已经死了，不过是到了八十岁才埋而已。

气温骤降。

唱完歌出来，大街上寂寞空虚冷。早些年，我们会去扒地摊儿，但是现在大家意兴阑珊，于是作鸟兽散。同事挥挥手：节日快乐。他说得言不及义，我答得心不在焉。

走在路上，想起很多事情，想起张帅的一段话：有一些我的同类，我很喜欢他们。他们隐藏在这个城市的各个位置，我知道他们在哪儿。我没有行动力去约他们，即便约了，他们也没有行动力来见我。

我经历过无数个这样的夜晚：酒足饭饱之后，我们向着黑暗而陌生的远方进发，在拂晓抵达命运的村庄，并在"公关力量"铁壁合围形成之前，火速撤离战场。

假如，现在继续出发，像二十五年前，会有人来见我吗？

開門讀奇書 開門迎高客 壬寅龘汀 鶴

迎高客　◆　纸本水墨　■　2022 年　■　横 20cm × 竖 34cm

小孩子都有养猫养狗的梦想吧。

庾一宁知道不可为，退而求其次，放学的时候悄悄买了一只出生没几天的小鸭子。小学门口总有这样的摊位，小金鱼、小乌龟、小仓鼠，各种小动物，都是五元。

她蓄谋已久，但是她妈毫不妥协。鸭子买是买了，却不敢带回家，只好跑去对门邻居家，求人帮忙收留，未几被人敲门送还。她捧着那个装着小鸭子的鞋盒站在门口，像捧着一个火炭，又像捧着一块冰，看看小鸭子，又看看她不动声色的老妈，就发出了哭腔。

生米已经煮成熟饭，我出面说和，勉强养在了阳台，她承诺每天打扫鸭舍。气温不行，小鸭子需要三十二摄氏度以上，傍晚的时候就冻死了。她用纸巾包着它，拿在手里，一边做作业一边哭，作业做完，我带她下楼把它葬在小区花圃里，用石块垒了一个记号，她回来写了一封信："小鸭子，对不起！我很想念你，希望你能快乐！"然后绑在她喜欢的那只大脸猫气球上，放飞夜空。

乡下老家的房子收拾好，夏天也到了，天气一天热似一天，上周回去，又买了两只，养在后院里。晚上看电视的时候，她抱着两只小鸭子给它们保暖，小鸭子一会儿爬上她的肩膀，钻进头发，一会儿往腋窝钻，还是怕冷。夜里给它们做了笼子，垫了一件旧毛衣，放在卧室里。第二天，阳光炙烈，小鸭子很开心，围着她寸步不离，还跟她上街去看了二爷和二奶奶。她和姐姐庹尔思商量后，给小鸭子取了名字，大的叫孤勇，小的叫词穷。我一查，语出歌手花粥的网络名曲《一腔诗意喂了狗》，挺好。

从老家返城前，她把鸭子托付给了二爷。二爷有我们家的钥匙，我们长时间不回的时候，每逢刮风下雨，他就去检查门窗。二爷八十岁了，身体还好，鸭子的事情责无旁贷，他也很有信心：不要紧，不消操心的。走之前，在后院的草坪上撒了很多吃食，米饭、苞谷糁、面包之类的，院子里还有虫子和小草，看上去成竹在胸。又让我在小水池里用竹子搭建了一个小栈道，方便鸭子游泳后上岸。走的时候，她唯一担心的问题是，下次回去小鸭子还认不认识她。

过了几天打电话回去，词穷还是冻死了。二爷也很遗憾，心理负担很重，就把孤勇带在身上，出门抓在手里给它保暖。庹一宁问我，是不是不应该给小鸭子取名叫词穷，你看孤勇，一个人也很勇敢。

学校门口的这些鸭子，都是养殖场孵化的，鸭舍是恒温，不比我们小时候土法饲养的结实。小庹同学很难受，又无计可施，午觉也没有睡。上学前，问我野鸭子是不是厉害一些，我说野鸭子会飞走，又问天鹅，我说不知道哪里有小天鹅，再说那是保护动物。她问，放假了能不能带她去动物市场看看，我说可以。她说，爸爸，小鸭子一直在我心里，它们就是我的心，你不要说话不算话。

又过了一周，爷爷奶奶决定回老家住一段时间，庹一宁很开心，拖着我去了动物市场，补买了两只满月的鸭子，她反复叮嘱店老板：我要一只公的，一只母的。我知道她的意思，她的想法是，要不了多久，鸭子会生出很多宝宝。小鸭子多可爱啊，想着想着，仿佛那看不见的未来就到了眼前，她的嘴就笑成了一弯新月。

到了老家，她下车一阵风跑去二爷家，出来的时候，手上捧着那只小鸭子，喜笑颜开："爸爸，词穷还活着！死的是姐姐的孤勇。"确实是词穷，它的头顶有一圈黑色的毛发。上次走的时候，她和姐姐说好了，词穷是她的，孤勇是姐姐的。带回家，庚一宁坐在凳子上，一遍遍捋着小鸭子的羽毛，喜极而泣。

盛夏真正到了，酷热难耐，却是鸭子们甘之如饴的美好时光。后院里有一个小水塘，放满了水，词穷率先就下去了，高台跳水的模样，它到底在人身边久一些，见过些世面，颇有些天不怕地不怕的劲头。相比起来，两只新买的大鸭子，智商的缺陷暴露无遗，处处露着怯，站在岸上，盯着水塘嘎嘎叫，就是迈不出腿。

鸭子太能吃了，每天在院子里四处悠游，无忧无虑，吃了睡，睡了吃，连花坛里的青草也不放过，我种了几株辣椒，正在挂果，也被它们啃光了叶子，只剩几个辣椒，光秃秃地连在主干上，看上去滑稽又突兀。没有任何东西是完美的，小鸭子亦不能免俗，满院子的鸭屎，令人厌倦，我妈不停地打扫，庹一宁跟在后面为鸭子们开脱："奶奶，鸭子是直肠子，我在电视上看的。"

朋友送过来十几条金鱼养在池子里，姐夫又从大河里抓回几十条鲫鱼，池塘里黑红相间，清晨的天光下波光粼粼，"清泉石上流，莲动下渔舟"。但接下来没几天，那几十条鱼就出了状况，起初并未在意，只是每隔一段时间就会有一条鱼死去。鱼骨是很好的肥料，我把死鱼捞起来埋在花下树下。我以为是缺氧，不断换水，如此这般，不到两个星期，几十条鱼还是全死了。

我目睹了最后一条鱼的命运。在词穷的带领下，三只鸭子下了水池，成掎角之势，包围了那条鱼，两只鸭子在水面警戒，一只潜水发动攻击，如此往复，不到一分钟，鱼就翻白了，捞起来一看，腹部靠近鱼头的位置，被咬破吃掉了。后来说起这件事，有行家告诉我，鸭子是鱼的天敌，它们不可能厮混在一起。我恍然大悟，庹一宁却嘻嘻哈哈，觉得很有趣，应该写进动物世界。

都要走，鸭子的去留再次成了问题。鸭子生长很快，食量惊人，屎量更惊人。庹一宁说放在二爷家，我立即否决了，我说二爷都八十岁了，照顾自己都成问题，哪能养这么多鸭子呢。她说带回家养在阳台，我说家里会臭得跟猪圈一样，猪圈什么味，你可以现在去闻一闻。奶奶建议放了，家门前是湿地保护区，有几百亩的水荡，应该会成为它们的乐园。庹一宁很勉强，但还是接受了，总比关在院子里饿死要好吧，再说，水荡就在门前，以后兴许还能见到它们。

霹雳一声震天响，天上掉下个二营长。下午准备处理，中午救星到了。小时候的朋友在邻村办了一个养鸡场，还有山场池塘，中午回村到我家猫了一头，听说鸭子的事情，当即决定带到他那里去，什么时候要什么时候再送过来，如果不想要了，就过去煲鸭汤。庹一宁眼睛一瞪：叔叔，你说什么？你要煮我的鸭子？叔叔说，逗你玩呢。庹一宁说，我会去看它们的。

庹一宁的下一步计划一定是养狗，从金鱼、乌龟、仓鼠到鸭子，她步步为营。她和庹尔思已经到我大学同学那里去了几次，同学养了一只我叫不出名字的小型犬，快生了。她们还在老家买了很多火腿肠，满大街的狗，一只一只地喂，笼络狗心，这些狗现在看见她们一个个摇头摆尾的，完全没有了一点革命气节。

晚上睡觉的时候，庾一宁对我说，狗多好啊，你忘了你的灰子吗？你再给我讲一次你和灰子的故事吧，讲完我就睡觉。

灰子是我小时候养的一条狗，抱回家的时候我四岁，它三个月。上小学要翻过一座山，灰子每天早上陪着我去学校，傍晚放学的时候还会高高地站在山坳那片恐怖的坟地旁边接我。我们一起生活了八年，它死于1983年汉江大洪水之后人们饥不择食的残忍。那个夏天，有一个十二岁的少年，拿着一把镰刀，顶着烈日漫山遍野寻找他的玩伴，并在无数次的梦中为它野蛮地实现了复仇。

我有真本事　◆　纸本水墨　◆　2018 年　▪　横 22cm × 竖 36cm

　　家里做饭的次数并不多，有时候做一顿饭，两三个菜。孩子热衷菜汤拌饭，还得是青菜，最喜欢酸辣大白菜，如果没有这个，那就随便，有一点咸汤就行。只要有酸菜或者回锅肉，其他的我也不感兴趣。一顿饭下来，牛上马不上，菜总是剩下一些，不是盘子大，事出有因。不是不懂得谦虚，我看菜下饭的本事确实比一般人大，谈不上与生俱来，但童子功是真有。经常有人劝，少吃饭多吃菜，我完全做不到，但少吃菜多吃饭我是熟练工种。

　　20世纪70年代的鄂西北乡下，缺衣少食，除非你家有大队干部，当然最好是当保管。那时候的主粮是小麦玉米红薯，玉米在我们那里叫苞谷，早上雷打不动的苞谷糁就酸菜或者酱豆。大头菜是后来才有的，家里还得有活钱才能买到，我小时候连这个盐疙瘩的名字都搞不清楚，一直叫大肚菜。中午和晚上一般是火烧馍面条或者蒸馍，夏天常做蒸面。你看，都不是费菜的吃法。

首先是缺粮。为了吃饱肚子，大队在河道沙滩上曾经种过一年还是两年的荞麦，长出一人多高，青纱帐那种架势，我们放学了钻在里面打泥巴仗和弹弓仗。荞麦没有吃过，据说怎么做都粘牙，估计农技员教了种忘了教吃，种的荞麦好像就没有收过。暴殄天物啊，现在市面上的荞麦面包比白面包贵出那么多。

冬季的时候，苞谷糁里面会加上红薯或者红薯干，吃久了胃就会反酸。每天早上上学，有一个同学总拿着一个黑面馍边走边吃，我跟他说，给我吃点儿，他有时候不理我，有时候就掰一指甲盖儿给我，很好吃，有点甜，像是和面的时候加了糖水。他家是商品粮户口，吃计划粮，比我们农业户口高级，商品粮户口也叫非农业户口，算是城里人，尽管住在镇上而不是城里，但初中毕业照样可以招工或顶班，比我们前途光明，我们学不好只能种地——老师常常挂在嘴边的"修地球"。

饿，带几块红薯干在身上。这东西很硬，尤其是冬天，咬不动，费牙，下课了用一把小刀刮成粉吃，太干了，很呛，舌头也转不过来圈，喝一口生水，想象成炒面，其实味同嚼砂。有时历经千辛万苦刚刮出一层粉，调皮的同学一口气吹过来，一鼻子灰，烟消云散，让人气馁。邻村有一个同学，记得是姓胡，路程太远，中午回不了家，早上来的时候在书包里背一小布袋煮红薯，那是他的午餐，放学临走，我们千方百计问他要，他很慷慨，习惯性地分一些给我们吃，有时大家很过分，他就苦着脸看着我们说，再给你们我就吃不饱了，我们这才散去。

很少吃米饭，我们那里没有水田，不产米。我家是半边户，爷爷和父亲是手艺人，商品粮户口，母亲和我们三个孩子是农业户口，粮店供应的计划粮自然有米，但价钱比面和杂粮要贵，偶尔买几斤，家里来了客人或是逢年过节才吃一顿。做米饭总要垫些南瓜洋芋或者萝卜，有时候好一点，和着苞米或者小米掺着吃，无论垫什么，都是蒸好以后再拌，客人吃白米饭，我们吃杂饭。爷爷年轻时是闯江湖的人，常教我些待客之道，比如夹菜不能"骑马抬轿"，更不能把脚踩在别人的凳子上——旧时候锁人一般用铁链或是绳索，吃饭的时候得给人犯松绑，将绳索或是铁链缠在凳子腿上，押差再使脚踩住，以防人犯脱逃。

爷爷怕人客气吃不饱饭，让我在盛饭时先把下面压实，这样一碗就能装出两碗的分量。客人的白米饭盛好，再留下一个锅边，以备客人加饭。剩下的一搅和，为了面子好看，也为了鼓励客人放心吃，我们的杂饭上多加一点白米饭。爷爷重男轻女，我的待遇比两个妹妹好一些，多吃了不少白米饭。最主要的是我宁可饿饭也不愿意吃南瓜米饭，那种湿唧唧的感觉令人生厌。

长年吃青菜，难得荤腥。有客人来了，怎么不济也要多炒几个青菜，再炒个鸡蛋米下酒，四个五个鸡蛋，没有多少，一小堆拢在盘子中间，父亲一遍遍动员客人趁热吃，劝一次人家夹一筷头。我坐在那里一筷子都不敢动，生怕吃完了，不是害怕大人们吃了我吃不上，也不知道担心什么，隐约有一点愧疚，觉得没有多的好菜招待别人，有时候也能感觉到客人的进退两难，于是还有一点尴尬或者难堪。那年代家家都不好过，大家都很讲究，客人就是客人，真带着一份客气，在别人家吃饭，肯吃饱饭的人并不多。

1983 年，汉江洪水席卷了中上游，陕西安康城都进了水，死了不少人。我家未能幸免，墙倒屋塌，作为灾民，我们几家人被安排住进了后山上一个荒废的盐库，一家不到三十平方米，还要埋灶做饭，住不下，父母在屋基的废墟上搭了一个窝棚，我带着两个妹妹住在盐库，早上自己做饭，吃完一起去上学。一个远房亲戚在山上捉到一只刚满月的果子狸，送给我做伴，每天和我睡在一起，养出了家猫的感情。

第二年夏天，大姨夫从河对面过来办事，中午到了家里，哪有什么吃的呢，父亲就把我的果子狸打了招待姨夫。我很伤心，午饭也没吃，上学路上悄悄哭了一场。我至今不肯原谅父亲和大姨夫，从那时起，所有吃野味的人我都讨厌。也是在这一年，我家的灰子失踪了，它是一条狗，那年九岁，我十二岁，家里没有余粮喂它，连人吃的都是洪水泡过的酸米，灰子只好漫山遍野找吃食，有一天回来，我看到它的嘴巴伤了一个豁口，像是铁丝钩坏的，它站在门口看了看我，摇了摇尾巴，然后就下山了，那是我们最后一次见面。

我们家在镇上，离一队二队更近，但这两个生产队缺地，包产到户的时候地就分在了上坪三队，自留地菜地排排坐，轮到我家，不巧碰到一个大坑，大集体盖房取土留下的，几乎占了三分菜地的一小半，地边上还有一条山洪沟，地里常常积水，种什么都会沁死，如果把另外的园土回填过去，整个地就涝了。

现在想，即便是有地，又能多种出什么呢？无非还是夏天的豇豆茄子南瓜黄瓜丝瓜辣椒青菜，秋冬的萝卜白菜土豆罢了，总之长不出一点油星。

我们把蔬菜都叫青菜，炒青菜要油，尤其是茄子丝瓜土豆。每年养一头猪，杀了主要炼油，要管一年，也尽可能卖一些肉，换钱去交"三提五统"。我们没有屋场，砌不了猪圈，我家地基比街道高出一米多，有几步坎子，扒掉一头，勉强修了一个洞穴供牲口栖身，白天它就在附近游荡，并不走远。街上养猪的人家多是这样，有的甚至就养在屋里，猪也聪明，多打几次，出恭的时候就会走出家门，但这样一来，街上就变得腌臜不堪，到了雨天更是连下脚的地方都没有。那一年堂姐夫刚当了副镇长，分管环境卫生，要求父亲把猪圈起来养，说镇上要求他从亲戚熟人管起，父亲似乎跟他吵了一架。我也觉得应该圈养，但四下看看，毫无办法。所有人都困在那艰难里，连人都成了彼此的困境。

我十三岁考上了县里的实验中学上初中，在另外一个乡镇，住宿，每周回家一趟，学校一天三顿苞谷糁，初三开始每天吃一顿面条，但是学校没有菜，吃菜得自己带。能够管一星期的菜能是什么呢，还是酱豆酸菜，不过母亲会在里面额外再多加点油。一周放一天的假，周六下午放学回家，周日返校晚自习，一罐头瓶的菜吃六天十七顿，每顿饭也就是一小勺将就一大钵子苞谷糁，哪一顿多吃了，到后面就得吃白饭。

夏天的时候，即使是酱豆酸菜放了足够多的盐也还是会坏掉。有的同学家里有准备，除了带菜，还带一瓶加盐煿过的猪油，菜坏了或是吃完了，就用猪油拌饭。我一个叫张华的同学每周如此，我们关系好，他常常用猪油接济我，放在碗里拌匀，人间至味。前些年看到美食家沈宏非的一句话，说这个世界上最好的美食其实是猪油拌米饭，我可以为他作证。后来一个堂姐招工进了县里的调味品厂，厂里生产一种类似今天快餐面盐包的东西，效益不好，经常用盐包充发工资，她每月留一些给我，帮我度过菜荒。

再后来上高中上大学，食堂里都是菜比饭贵，两害相权，很容易作出判断。上班后一年到头在乡下采访，吃面或者炒花饭，一是方便，二是省钱。我和同事曾经在一个县里连续住了将近一个月，我们每天早上去县汽车站的一个地摊儿吃炒花饭，猪油，加

少女 ◆ 纸本水墨 ● 2022 年 ■ 横 36cm × 竖 25cm

酸菜和酸辣椒，冒尖一大碗，四块钱，然后去乡下干活，中午不吃饭，一直管到下午返程。

爷爷是小炉匠，也叫白铁匠，靠手艺挣点活钱，家里才能开销，我们姊妹三个才能上学。我八岁那年，奶奶去世了。那天晚上，奶奶炒菜，我烧火，奶奶说火小了，我从灶膛起身，她坐下去添了一把柴，站不起来了。奶奶说，我站不起来了，娃子，你拉我起来。我去拉，怎么都拉不动，我跑到邻居家去叫人，奶奶几分钟就昏迷了，再没有醒。奶奶左手手腕上有一个小包，软软的，我总是去按，奶奶就把我抱在怀里，笑眯眯地看着我。四十多年过去了，奶奶还在笑眯眯地看着我，可是我越来越记不起她的样子，我很难过。

我妈做了一辈子苦力。父亲身体不好，母亲从地里回来还要做饭洗衣喂猪打柴火，我们姊妹三个年龄又挨得很近，有时候她累得坐下去就起不了身，没有人能给她搭一把手。

我那时候总在想，如果奶奶还活着该多好，那样我们就可以像别人家一样，中午不用故意多炒菜，晚上就可以不吃剩菜，也不用等到天那么黑了才吃晚饭——我们姊妹三个坐在门槛上，天一截一截暗下来，我们点亮煤油灯继续等。一轮圆月皎洁地挂在天上，母亲终于回来了，一身泥，看到我们，叹一口气，放下农具，洗一把脸，一言不发进了厨房。

后　记　　毛培斌　文

人

是一个感叹的

存　在

读庹明生《无从说起》

《无从说起》这名字有沧桑涵义。一个资深中年附着了文艺、媒体的深度质素，经历并沉淀长达半生的世相物事，说起来定是百感交集。如果兴起、真的开说就会遇到选择难题：如何说起？可说的又太多，是开头"话说"还是从此刻回溯，可谓选择困难。欲说还休，升起诸多亲历如缅怀的思绪，一些又实在按捺不住，正如元稹诗中，宫墙、阳光下的安抚困局，"白头宫女在，闲坐说玄宗"，那种欲念空许的遗恨及悠远，正所谓创伤在内部蔓延又弥合。

"无从说起"像个人生疤痕，无端疼痒起来，在于有话要说。其实有意思的话、有味道的文字宜于从任何地方开始，从你感兴趣、随性的地方开始。读与写都是如此。海量感慨，生活灵性，翻腾滚涌的心机恩怨，面对每一刻的须臾生存时空，我们往往是猝然临之，仓促又欣慰地应对，其中有特别肉身和现实存焉，析出萃取的正是"众里寻他千百度"的目击道存。这正是每一个写作者和思想者的理想表达状态。

廙明生之于"无从说起"，端的是一个绝佳例子。他选择吉光片羽的"碎片化"形式，建立自己的表达文体，既是省时有效的方便法门，也是随机记录下灵机一动的自我一刻。手机、网络改变了李贺的诗囊，也多少替代了我们大部分的纸质笔记本，忠实、自在、即刻，又自觉不自觉地契合了置身其中厮混的山地小城和与北京作为时代策源地的隐秘交际及精神勾连。短兵相接的酒桌相识，以及或认真辨识，或江湖机锋的精神试探，比如诸多实用理性和价值的多回合检测，从而在现实和虚拟里牵上了友情。

我一直相信混沌生存里自有清醒的信念砥柱支撑。"碎片化"书写，可视为对传统思维与表达的承接，一种传承中的现代性转化，同时又是与其中生存现实的文字对应。多是与生活、工作、交往零距离触摸的语言产物。当然也有部分再放置晾一晾，犹如牛羊返厩回圈后的反刍，对含混的生活进行语言总结，或提炼润色，立此存据，将之表达得有趣和完善。我们一直以来，最好的"道德文章"，多为述而不作，多集中于纸张出现前、"轴心时期"的圣贤，不仅是主张更是体行，如孔子，《论语》就是"述"的体现；有的在某种境遇里竹简上随喜一篇，文字简奥、篇章寥落，如老子《道德经》。相反，今人得西洋片瓦知识习见，偶有一得之思，则率尔敷衍以增分量，动辄洋洋万言稀释成篇，却往往言不由衷语不及义，寡淡无见识乏逻辑，破绽像蒙尘袈裟上的百衲，既不荣誉又不清洁。

而这种片段体，乃述而不作的传承启用、文字补充和思维延伸，存其大者在于要言不烦。我曾称其为箴言体、札记体，率然记下自我随感、有趣言行，或有精神含量的相遇。其文字更集中醒目，也更考究，往往不能藏拙，"文质彬彬，然后君子"，文体自觉的人会更专注、更深入。呈示作者的当代趣味和综合能力，是其内在锦绣的语言编织体。认真阅读会有更切身的体悟。比如一个话题，这样表达会成为奢求，但描述一个人物则可收到意外效果，如写刘靖篇幅稍长，但仍属短制，描述生动，文辞极富魅力。兴会倏忽而起，信手而记，《世说新语》之现代调性，既成。

我常称呼作者庹明生为老庹。我 60 后，他 70 后。按说可呼名字或职务，却慢慢自然顺口地成了"老庹"。可见他的识、见已超出一般年龄生理，算是对话、机锋、交流的一个重镇，且多获认同。老庹一直从事新闻职业，我确信他抱负沉潜，精神自有标高。潜心诗文，力行助推十堰本土写作，自我努力里形构文学局面，其中日常细节细究起来，自是非同小可。

老庹文本的悦读性得益于他的媒体身份，新闻的切身敏锐和诗歌的深入敏感，使其赋有双重敏锐和敏感。有种猝然相遇的现场反应，又有一种大鳄洞察了事件背后无关痛痒的真相和原因的凝滞。表达上如果你愿意忸怩它就让人牙酸，而不让人惊醒；如果你深入后又本真质朴，它就酸爽。新闻语言像某种药本，若微妙处配伍不当，药性与药效会相克衰减，若处理高明则相得益彰、有益身心。他的文字有新闻语体熏染，杂以见识和地气日常，加上诗性思悟，截取变动不居时代的某个横断面和某个即时话题，自觉、有意择选切口词汇，可阅性就成了可悦性，炫示又炫目，让《无从说起》与诸多文字区分开来，自有独存底气。

老庹的表达体现为"机趣"。机趣就是有机智有趣味，而这机智和趣味若浮于表面，则是确凿的显摆了。老庹的异于写作庶众，在于机趣背后的见识、思考和体悟。在此，有人会说加入了思考，会伤害写作。我们多年来一直在写作上有个似是而非的观念或误区：坚持认为写作是"感性"产物。误导了一茬茬写作者。人作为一个复杂感受的存在，感性、理性丰富杂多，没有谁的选择行为是纯然感性或纯粹理性的，其实是"感受"的、整体的。截然区分感性与理性，那种近乎本能的感性优越，更是一种鄙陋的偏执，既不是写作真谛也不是写作灵丹，而且严重延迟耽误了时代文学的提升，"一个时代需要的是升华而不是浮华"（张爱玲），缺乏深度也就缺乏高度，结果我们的写作也只能是匍匐性的。只是不要将理性当成进入写作的法门即可，也就是不能将其当成工具和写作的思维依赖，将之作为不可或缺的盐才是正理，因为理性在我们正常生存中无处不在。关键在于我们将感受表达好才是有效的，但其中仍有理性参与。

才华要配得上野心。这样的写作才是值得重视的。仅有野心就像无数个想当君王富翁、想妻妾成群的念头一样，都是一种虚妄。老庹的文字表达跳脱、机警，不时"针砭"你一下，你的意识会因此一"激灵"，然后任督二脉气息通畅，运行无碍。他对有些话题涉及又岔开，既回避尴尬又升华多面人生和人生场景，如：将写作当做一种生活方式，远比将其作为远大理想要重要得多。这是一种特别的告诫和共勉，体现在个体写作上，较劲就会拧巴，不较劲的写作，才能拯救自己。当写作状态最惬意时，不自觉的炫技也是一种忍不住的关怀。有些话题，他既提出又消解，有一种解构心态和解构快感。其中自有坚持情怀在，如：不活成你们期待的样子，更不活成你们的样子。/不是现实更坏，而是你们还会面对更坏的现实。/人还是得有点情怀，反正也不会实现。你看他纷至沓来地提出、递推，隐藏了多少人生价值信息和现实判断，既充分入世又快速犬儒，这个信息包压缩了太多的结论和态度。"必须原谅自己曾经的放荡不羁少年游。你不原谅自己，又怎么能原谅这个世界"。原谅，是因为反刍自己的青春一刻，荒唐的勇敢，浅薄的无羁，无所谓负面或正能量，沉淀过后而起的情绪性原谅，揭示的正是青春的荒凉感，没有什么不对，反正标准都是临时答案，也许这标准，过后可能是谬误本身。置身其中时拥抱的大都不"恶"。有西哲说伟大的事物本身是没有恶的。我们当然会原谅这经历与付出。

他在表达上力求出新：化流俗为拗口，只为深意。老庹文字流畅易懂，这里的"拗口"主要是界说方便。如，任正非说：一个人一辈子做成一件事就很不简单了。但他不知道，一个人一辈子一件事都做不成更不容易。他的拗是意思上的拗，这一拗深度就出来了，这里有思维角度和人生观察角度。再如：赳赳搜罗了一大堆脑洞大开的全球创意转我，问我怎么看。我说：用眼睛看。聊不下去了。"用眼睛看"，问答里自有态度褒贬，不是春秋笔法，是春秋问答，言左右而顾此。"感谢一切喧嚣，让万物的真相得以水落石出。"一切喧嚣，也就是都在参与，形成一种无组织的合唱，看来我们的不耐烦和隐忍里，无意间深藏着人性和人间真相。盲人骑马扬鞭和"半江瑟瑟半江红"两则，其中识、见，有老庹自己的，有徐文兵的，有钱文忠的，有考据有义理有辞章，有《诗经》引用，还有说明性广告文字，属另一种文字魅力，他无意间为某一枯燥领域拓宽了现代可能。

《无从说起》记录了不少的文艺男女，其言论、性情、诗酒，部分文字算是确凿的世说新语。有的警拔，有的"蛮"有故意的理趣，有的在无伤大雅的道德话题和边缘话题的边缘剑行偏锋。我还是引用了老庹的一些文字，这篇感想本来不打算引用，写到某处时又觉得是可以的，虽然老庹这个文本大都适合引用，因为有些话题值得拈出说说。"一线城市容不下肉体，三四线城市容不下灵魂。"这句话作为话题前几年颇为流行，其非此即彼思维颇觉弊端，有一种肉体或疑似灵魂的优越感，还是一种威权体制下的等级话题与表达，不高明也不深入。

当然，我还想在其精彩文本中读出一些不同，还想提出值得我们关注或商榷的建议。想提议他在精彩处回避一些习用句式。比如有些句式，往往在精彩"开屏"的最后，以一个四字成语或俗语作结，颇有戛然而止的效果，语姿利落、洒脱，但若细究，会觉其落了套路，这是语言、思维滑行和追求趣味效果带来的感

图书在版编目（CIP）数据

无从说起 / 庹明生著；刘靖绘. —— 北京：作家出版社，2024.1

ISBN 978-7-5212-2632-4

Ⅰ.①无… Ⅱ.①庹… ②刘… Ⅲ.①随笔 - 作品集 - 中国 - 当代 Ⅳ.①I267.1

中国国家版本馆CIP数据核字（2023）第247056号

无从说起

作　　者：庹明生
绘　　者：刘靖
责任编辑：兴安
装帧设计：今亮后声·张今亮　郭维维
出版发行：作家出版社有限公司
社　　址：北京农展馆南里10号　邮　编：100125
电话传真：86-10-65067186（发行中心及邮购部）
　　　　　86-10-65004079（总编室）
E-mail:zuojia@zuojia.net.cn
http://www.zuojiachubanshe.com
印　　刷：北京盛通印刷股份有限公司
成品尺寸：130×210
字　　数：100千
印　　张：7.5
版　　次：2024年1月第1版
印　　次：2024年1月第1次印刷
ISBN 978-7-5212-2632-4
定　　价：68.00元

觉滑腻，而这滑腻正是俗语及其音调的最后加入带来的。作者可能遣用这一固定俗语，有激活继而焕发新意考量。如："空山新雨后，知足常乐的晚晴，在净土庵的秋天花开花落。""真正难以对抗的生活是无趣，麻木的灵魂，足以击溃肉体，让一个人不体面地零落成泥。""在每一个不确定的人世，我们都有温柔倔强的悲欢。"这里的"花开花落""零落成泥""倔强的悲欢"以及上段的"水落石出"，个人感觉，这类词有固定的词义指涉，我们启用的仍然是既有义项，并未完全刷新句意，它反而弱化了这类句式前面的表达力量和深度，也说明我们在征用它们时疏忽了。

子曾经曰过。这是阅读《无从说起》想起的，不管调侃还是感慨，不管戏拟还是旷达，无从说起就是可以从任何地方说起。人是一个感叹的存在。老庹说：一个人要警惕自己在不断的优秀中走向平庸。这是警觉，又是期许和慎独，要警惕优秀中的潜滋暗长的平庸状态。他又说：人生如寄，你的归宿是你自己。你看，他在根本归宿处，清醒又洞悉。因为，最终：一个人的故乡就是自己。